悪役令嬢、セシリア・シルビィは死にたくないので男装することにした。3

秋桜ヒロロ

JN083959

22695

角川ビーンズ文庫

ACADEMY of VULUHEL

CONTENTS

Name. セシリア・シルビィ

ギルバート・シルビィ
セシリアの義弟で攻略対象。セシリアの男装学院生活に協力している。
オスカー・アベル・プロスペレ
王太子。セシリアの婚約者で攻略対象。
セシリア・シルビィ
シルビィ公爵家令嬢。『ヴルーヘル学院の神子姫3』に登場する悪役令嬢。
セシル・アドミナ
男爵子息としてセシリアが男装した姿。通称『学院の王子様』。
悪役令嬢、セシリア・シルビィは死にたくないので男装することにした。
3

人物紹介

ジェイド・ベンジャミン

青年実業家で攻略対象。
セシリアのクラスメイト。

リーン・ラザロア

男爵令嬢。『ヴルーヘル学院の
神子姫3』のヒロイン。

アイン・マキアス

攻略対象の双子兄。
勝気な性格で弟思い。

ツヴァイ・マキアス

攻略対象の双子弟。
少し気弱な性格。

本文イラスト／ダンミル

✦プロローグ✦

かつて、世界は悪魔《あくま》により支配されていた。

空には太陽の光を阻《はば》むような黒い靄《もや》が常にかかっており、地に作物は育たず、水は涸《か》れ、人々の心はすさみきっていた。飢《う》えた動物たちは凶暴《きょうぼう》化して人々を襲《おそ》い、人間は諍《いさか》いや争いを続け、自然はそんな彼らを容赦《ようしゃ》なく蹂躙《じゅうりん》していたという。

そんなある日、世界を救《す》うために天から女神《めがみ》が降臨した。

女神はその土地を統べていた王と協力し、悪魔と七日七晩の争いを繰《く》り広げ、そうしてようやく、悪魔を地中奥深くに封印《ふういん》することに成功する。

しかし、悪魔は封印されただけ。いつ蘇《よみがえ》ってくるかわからない。

そういった懸念《けねん》から、女神は王との間に生まれた自身の子を、封印を守るための『神子《みこ》』として、そして自身が使役《しえき》していた七つの精霊《せいれい》を、神子を守る七人の騎士《きし》にそれぞれ託《たく》したとされている。

これが、プロスペレ王国に伝わる、神子と騎士の伝説である。

第一章 トゥルールートへの道

ヴルーヘル学院には『王子様』がいる。


靡《なび》くハニーブロンド。揺《ゆ》らめくサファイアの瞳《ひとみ》。

雪をも欺《あざむ》くほどの白い肌《はだ》に、通った鼻梁《びりょう》。

形の良い唇《くちびる》から紡《つむ》がれる言葉は、常に蜂蜜《はちみつ》のように甘く。

微笑《ほほえ》んだ相貌《そうぼう》は、艶《あで》やかを通り越《こ》して凄艶《せいえん》であった。

その魅力《みりょく》は、身に纏《まと》う服が制服の白から黒に変わっても、変わらない。


「あの！　その格好は――！」


いつもの制服を着ていない『王子様』の背に、頬《ほお》を染めた女生徒が問いかける。

校舎の側《そば》を歩いていた『王子様』は、くるぶしまである黒い外套《がいとう》を翻《ひるがえ》しながら振《ふ》り返った。

襟《えり》の立った外套に、臙脂色《えんじいろ》のベスト。いつも以上に大きく膨《ふく》らんだクラヴァットを纏めるのは、こちらも臙脂色の四角い宝石だ。制服のスラックスよりも細身のズボンは、彼の足をさらに細く、長く、見せていた。

その姿はまるで、童話の中だけに存在する吸血鬼《きゅうけつき》のよう――

「もしかして、変かな？」

「いえ、そんな！　むしろ、いつもより……」

赤い顔を更《さら》に赤くして、女生徒が俯《うつむ》く。恥《は》ずかしげにもじもじとつま先を合わせる彼女を見て、『王子様』は何かを思いついたかのように唇から白い歯を覗《のぞ》かせた。

そして、女生徒の腰《こし》を引き寄せ、耳元でそっと囁《ささや》く。

「もしかして、俺に血を吸われに来たのかな？　お嬢《じょう》さん」

「えっ？　あの――!!」

顔から湯気をあげながら慌《あわ》てふためく女生徒を見て、『王子様』は腰に回していた手を離《はな》す。

そして今度は、まるで悪戯《いたずら》が成功した子どものような、砕《くだ》けた笑《え》みを浮《う》かべた。

「……なんてね！」

そのギャップに女生徒の腰が砕け、周りからは黄色い声が上がった。

『王子様』の名前は、セシル・アドミナ。

吸血鬼の格好をしていてもなお、女性を魅了《みりょう》してやまない、男装の公爵令嬢である。

「ごめんね、大丈夫《だいじょうぶ》？」

「あ、はい……」

吸血鬼のような服装に身を包んだセシルは、目の前で腰を抜《ぬ》かす女生徒を助け起こした。

生まれたての小鹿《こじか》のような足取りでようやく立ち上がった彼女は、どこで見ていたのか、集まってきた数人の女生徒に支えられながら、その場を後にする。

「大丈夫⁉」

「しっかりするのよ！」

「私、もういつ死んでもいいですわ……」

よろよろとした足取りの彼女は、感動した様子でそう呟《つぶや》く。声が涙《なみだ》に濡《ぬ》れているように聞こえるのは、気のせいではないだろう。

（なんか、悪いことしちゃったな……）

少しびっくりさせてみようと思っただけなのに、あんなふうになるなんて予想外だ。想像していたのはほんの少し頬を染めるとか、照れるとか、そういう感じである。

（私が本当は女だって知ったら、がっかりさせちゃうんだろうな）

なんとなく申し訳ない気持ちになりながら、セシルは苦笑いを浮かべた。

彼女の本当の名前は、セシリア・シルビィ。現代日本から、乙女《おとめ》ゲーム『ヴルーヘル学院の神子姫《みこひめ》3』の悪役令嬢に転生してしまった、哀《あわ》れな公爵令嬢である。

今日も彼女は、平穏《へいおん》無事な未来を手に入れるため、男として学院生活を送っているのだ。


「なんか騒《さわ》がしいと思って来てみたら、やっぱりお前か……」

突然《とつぜん》、背中に聞き慣れた声がかかり、セシリアは振り返った。そこには予想通り、オスカーがいる。やりとりの一部始終を見ていたのだろう、彼の顔には呆《あき》れが滲《にじ》んでいた。

オスカーはセシリアの側に近づくと、頭一つ分低い彼女を見下ろす。そして、彼女の奇っ怪な格好に目を眇《すが》めた。

「しかもなんだ、その格好は？　もしかして『降神祭』の準備か？」

「あ、うん。そうなんだ。なんかリーンがはりきっちゃって……」

「また彼女か……」

チャイナドレスの件を思い出したのか、オスカーの眉間《みけん》に皺《しわ》が寄る。

辟易《へきえき》した表情になった彼に、セシリアは困ったような顔で頬を掻《か》いた。

『降神祭』というのは、その名の通り『神が降りてきた日』を祝うお祭りだ。

プロスペレ王国には、悪魔を封印した女神の話が伝説として残っており、その伝説を模した祭りが年に一度、大々的に催《もよお》されていた。祭りの期間は神が降りてきたとされる日を挟《はさ》んだ前後二週間で、最初の週を『灰の週』、次の週を『明の週』と呼ぶ。

『灰の週』というのは、悪魔に支配されていた日々を表す週であり、国民は皆《みな》、悪魔を模した黒い衣装《いしょう》を着て祭りに参加するのが慣《なら》わしになっていた。

逆に『明の週』は女神を模した白い服を着て、国民は祭りを盛り上げる。

近年では収穫祭《しゅうかくさい》も同時に行うため、『降神祭』はプロスペレ王国最大の祭りとなっていた。

さて、ここでポイントなのが、女神が降りてきた日だ。

それは、十月三十一日。

ぐだぐだと説明はしたが、要するにこれはゲーム内でいうところの【ハロウィンイベント】である。

(今が九月の半ばだから、あと一ヶ月後ってところか……)

セシリアは、もうくたびれきった前世の記憶《きおく》を引っ張り出して、息をついた。

攻略《こうりゃく》対象たちがいつもとは少し雰囲気《ふんいき》の違《ちが》う衣装を着て登場するこのイベントは、ゲーム内でも一、二を争う人気イベントだった。しかも、このイベントでは仲良くなっている攻略対象とデートが出来る。二人で祭りを見て回るのだ。

このイベントが分岐《ぶんき》になっているキャラも多く、『降神祭』はセシリアの中でも特に印象に残っているイベントの一つだった。

(まぁ、【ハロウィンイベント】って言っても、みんながこんな風に仮装するってわけじゃないんだけどね……)

セシリアは身体《からだ》を覆《おお》う外套をつまみ上げる。

『ヴルーヘル学院の神子姫3』は、あくまでも西洋貴族社会をベースにした乙女ゲームである。吸血鬼や狼《おおかみ》男《おとこ》などの伝説はあるが、基本は童話。キャラ達も普段《ふだん》と装《よそお》いは変わるが、今のセシリアのような仮装をすることはなかった。

では、セシリアにこんな衣装を着せ、世界観をぶっ壊《こわ》しに来たのは誰《だれ》なのか。

それはもちろん、世界観クラッシャー、リーン・ラザロアである。

『セシリアは本来騎士《きし》じゃないから、決まった衣装はないのよね？　それはつまり、私が衣装を作ってもいいってことになるわよね⁉』

『ハロウィンイベントなんだし、どうせなら思い切りやっちゃいましょ！』

そう言って、彼女は意気揚々《いきようよう》と足踏《あしぶ》みミシンでこの衣装を作り上げたのだ。

ちなみに、もうポージングして絵は描《えが》かれた後である。……次の小説の挿絵《さしえ》になるらしい。

「話は大体わかったが。だからって、なんでそんな格好でうろうろしてるんだ？　祭りはまだ先だし、そんな格好だと目立って仕方がないだろう」

眉《まゆ》を寄せるオスカーにセシリアは苦笑いを浮かべた。

「いや、リーンがさ、『動いても問題ないかどうか、そこら辺歩いてきて！』って。校舎内歩いてる方が目立つかなって思って外に出てきたんだけど、やっぱり外でも見つかっちゃったね」

肩《かた》をすくめるセシリアに、オスカーは長い息を吐《は》き出した。

「まったくお前は……。それなら、部屋の中をぐるぐる回っているだけでもよかっただろう？　出てくるからああいうのに捕《つか》まるんだ」

「まぁ、ついでに行くところもあったからさ。ほら。こうすると、あまり目立たないし」

そう言ってセシリアは外套《がいとう》を外して手に持つ。すると彼女は、正装をしているただの貴族の青年になってしまう。

「これならまだおかしくないでしょ？」

「まぁ、そうだな。……それで、どこに行くんだ？」

「グレースのところ。ちょっと用事があって」

歩き出したセシリアに並ぶようにオスカーも歩き出す。彼からしてみれば元来た道を戻《もど》っている状態なので、もしかすると送ってくれようとしているのかもしれない。

オスカーは歩きながらセシリアの持っている外套をじっと見下ろした。

「それにしても、リーンは器用だな。前に着ていた異国の服も、彼女のお手製だろう？」

「あ、うん。上手だよね！　でもその分、クオリティには無駄《むだ》に厳しいんだけど」

「そうなのか？」

セシリアは「うん」と頷《うなず》くと、ポケットから二つのモフモフを取り出した。

「なんだそれ？」

「狼の耳？」

首をひねるオスカーに、セシリアは手のひらのモフモフに視線を落としたまま、話を続けた。

「リーンってば最初、吸血鬼《きゅうけつき》じゃなくて狼男にしようとしてたみたいなんだよね。さすがにそれは恥《は》ずかしいからやめてもらったんだけど。これはなんか、形を間違えたとかで捨てようとしていたから救助してきたんだ！」

『救助してきた』って。そんなもの拾ってきて、なんになるんだ？」

「んー。つける？」

そう言ってセシリアは、金具もついていない二つの耳を自分の頭に当てた。そうして、上目《うわめ》遣《づか》いでオスカーを見上げる。

「どう、似合ってるかな？」

恥ずかしそうにはにかみながら見上げてきたセシリアに、オスカーはビクリと反応して固まった。動かしていた足も当然止まっている。

そうして彼はゆっくりと項垂《うなだ》れて、まるで視界を遮《さえぎ》るように目元を覆った。

「……………ねこ」

「え？」

「いや、なんでもない……」

そう言って再び歩きはじめたオスカーの横顔は、なぜだか少しだけ赤らんでいた。


「オスカー、もうここまでで大丈夫《だいじょうぶ》だよ」

そうセシリアが振《ふ》り返ったのは、研究棟《とう》の前だった。高い建物を背にした状態で彼女は笑う。

「結局送ってもらっちゃったみたいで、ありがとね！」

「いや、別に大した事はしていない。……それよりも、お前は今からグレースに会うのか？」

「あ、うん！　ちょっと聞きたいことがあって！」

明るくそう言い放つセシリアに、オスカーは少し何か考えた後、口を開く。

「セシル。その『聞きたいこと』とやらに、俺もついていっていいか？」

「へ？　なんで？」

セシリアは大きく目を見開きながら、首をひねる。そんな彼女の問いに答えを用意していなかったのか、オスカーは「いや……」と言葉を濁《にご》し、視線を落とした。

「えっと。……ごめん、オスカー！　今からグレースとするのは、ちょっとあんまり人に聞かれたくない話で……」

「俺にも聞かれたくない話なのか？」

「それは……。うん、ごめんね？」

　申し訳なさそうな顔で頭を下げると、オスカーは「そうか」とすぐに頷いてくる。しかし、そう言いながらも彼は、どこか奥歯に物が挟まったような、複雑な表情をしていた。

（オスカー、どうしたんだろ……）

　なんだか、先ほどから少し彼の様子が変だ。まるで、『言いたいことがあるのに、言えない』というような雰囲気がある。それにつられるように二人の間にある空気もだんだんとギクシャクしてきてしまう。

「あのさ、オスカー……」

「それじゃ、俺は帰る」

「あ、……うん！」

　セシリアの言葉を遮るようにしてオスカーはそう言い、つま先を帰る方向へ向けた。そしてまるで妹か弟を見るかのような優《やさ》しい視線で彼女を見下ろす。

「お前も遅《おそ》くなる前にちゃんと帰るんだぞ？」

「あ、うん。ありがとう！　でも大丈夫だよ！」

「お前のその変な自信は、いったいどこから湧《わ》いてくるんだ……」

呆《あき》れたように目を眇《すが》めるオスカーに、セシリアは、どん、と自身の胸を叩《たた》いた。

「まぁ、伊達《だて》に鍛《きた》えてないし！　変な奴《やつ》が来ても、返り討《う》ちだよ！」

「お前な……」

「それにほら、ギルも迎《むか》えに来てくれる予定だしね！」

「……………そうか」

妙《みょう》な間の後に、オスカーはそう頷く。そして、「じゃあな」と背を向けた。

去っていく背中を見つめながら、セシリアは疑問符《ぎもんふ》を頭に浮《う》かべる。

(オスカー何か言いたそうだったよなぁ。……まさか私、何か疑われてる？)

そうは思ったが、疑われる内容というのが思いつかない。男装がバレたのかと一瞬《いっしゅん》思ったが、あの最もバレる確率が高いだろう夏のコテージをやり過ごしたのだ、それは考えにくい。

(ま、わからないことは考えても仕方がないか！)

考えても仕方がないことは考えない。それが彼女の長所であり、短所でもあった。

セシリアは去っていくオスカーに背を向けて、研究棟を見上げる。

オスカーが振り返って自分を見つめているとは気づかずに、彼女はグレースがいるであろうその建物に、一歩足を踏《ふ》み入れた。

「……ということで、グレースにどうしたらいいか教えてもらいたくて！」

「だから、貴女《あなた》が神子《みこ》になるのが一番の解決法ではないですか？」

にべもなくそう言い放ったグレースに、セシリアはがっくりと項垂《うなだ》れた。研究が忙《いそが》しいのか彼女の手元は常に何かしらの作業をしており、目線をセシリアに向けてもくれない。


セシリアがグレースに会いに来た目的。それはもちろん、全《すべ》てのルートをクリアした記憶《きおく》を持つ彼女に、今後の方針を相談するためだった。

神子候補三人が『神子になんかなりたくない』と拒否《きょひ》しているこの状態で、セシリアはギルバートの宝具を一つ所持してしまっている。つまりこれは、今一番神子に近いのがセシリアだということを指しており、バッドエンドという名のデッドエンドが彼女を待ち受けているということを意味していた。

そんな未来に行ってたまるかと、セシリアは顔を跳《は》ね上げ、再びグレースに詰《つ》め寄る。

「いやだから！　それじゃ、私の命が危ないんだって！」

「それはゲームでの話でしょう？　ここまでシナリオが違《ちが》ってきているんです。貴女が神子になったとして、同じようにストーリーが動くとは限らないじゃないですか」

「それはそうなんだけど！　でもそれを言ったら、シナリオ通りに進む可能性もまだあるわけでしょ？」

「まぁ、……それはそうですね」

彼女のもっともな返しに、グレースは一つ息を吐《は》き、ようやくセシリアの方を見た。

その顔は未《いま》だに迷惑《めいわく》そうだが、どうやら話を聞いてくれる気にはなったようだ。

グレースはセシリアの鼻先に人差し指を突《つ》きつける。

「では。具体性のある課題を提示してください」

「具体性のある、課題？」

「はい。『神子になりたくない』とか『死にたくない』は目指すべき最終目標でしょう？　そういうぼんやりとした目標ではなく、その前にあるクリアすべき身近な課題を教えてください。話はそこからです」

科学者特有の理路整然とした物言いに、セシリアは眉間《みけん》に皺《しわ》を寄せた。

そうしてしばらく考え込んだ後、言いにくそうに口を開く。

「ダメ元でもいい？」

「聞きましょう」

「『障《さわ》り』をなんとかしたいんだけど……」

これは少し前から考えていたことだ。神子になりたくないのなら、神子を神子たらしめている元凶《げんきょう》を断《た》つしかない。しかし、そんな正体不明の有機物なのか無機物なのか、はたまた生きているのか死んでいるのかもわからないものを断つなんて、セシリアもできると思っていなかった。だからダメ元で聞いてみたのだ。

「それなら簡単ですよ」

当然否定されるものだと思っていたセシリアは、グレースの言葉に目を瞬《しばたた》かせた。

「それなら、トゥルールートに入ればいいんですよ」

「トゥルールート……？」

「はい。それで『障り』は何とかなるはずです」

彼女は、自信満々に唇《くちびる》を引き上げた。

グレースによると、『ヴルーヘル学院の神子姫3』のトゥルーエンディングは、みんなで協力して『障り』を祓《はら》う、という話になるらしい。

「トゥルーエンディングを迎えるためには、攻略《こうりゃく》キャラクターの好感度をある一定レベルにまで上げたうえで、神子候補として全員の騎士《きし》から宝具を貰《もら》い受けなければなりません」

「それは、どう考えても……」

無理がある。グレースの言葉にセシリアは頰《ほお》を引きつらせた。

そもそもセシリアは神子候補になりたくなくて男装をしているのだ。なのにここに来て、神子候補として宝具を集めろ、とか、無理難題にも程《ほど》がある。それに今更《いまさら》『実は女性で、神子候補でした！』と登場すれば、いろんな意味でかなりのひんしゅくを買うに違いない。

セシリアの表情に、グレースは薄《うす》い笑《え》みを浮かべた。

「その辺りは、問題ありません。貴女がその格好のままでも、なんとかなると思います」

「どういうこと？」

「わざわざトゥルーエンディングに行く必要はない、ということですよ」

先ほどとは矛盾《むじゅん》した言葉に、セシリアは首をひねる。

「私は先ほど『トゥルールートに入ればいい』とは言いましたが、『トゥルーエンディングに向かう必要がある』とは一言も言っていませんよ。そもそもこんなにストーリーが破綻《はたん》した状態で、通常通りのトゥルーエンディングなんて期待できませんからね」

「えっと。ルートには入る必要があるけど、エンディングには向かう必要はないってこと？」

セシリアの問いにグレースは「はい」と一つ頷《うなず》いた。

「『障り』を完全に祓う絶対条件として、現在の神子が住まう神殿《しんでん》に入る必要があります」

「どうして？」

「理由は複数ありますが、一番は『障り』を断つのに必要となる、とあるアイテムを入手する必要があるからです。そして、神殿に入るためにはトゥルールートを開く必要がある。……つまり、『障り』を祓う条件を揃《そろ》えるだけなら、わざわざエンディングに向かう必要はないんです」

驚《おどろ》きで目を見開くセシリアに、グレースはなおも淡々《たんたん》と続ける。

「トゥルールートに入るために宝具は必要ありません。攻略対象の好感度を一定レベルにまで高めておけばいい。……したがって、貴女が今からしなければならないことは、全員とそれなりに仲良くなって、ルート開放の条件を揃えることです」

「全員……か。それって、アインとツヴァイも含《ふく》まれるのよね？」

「彼らも攻略対象ですからね。当然です」

セシリアはその言葉に「そう、だよね……」と言葉を濁《にご》らせる。

いつになく元気のないセシリアの表情に、グレースは不思議そうに首を傾《かし》げた。

「どうかしましたか？　いつもの貴女なら『わかった！　それなら仲良くなってくる！』って、すぐさま部屋から飛び出してるところでしょうに」

「私、そこまで考えなしに見えるかな……」

「まぁ、知能指数はあまり高そうに見えませんよね」

バッサリとそう言い放たれ、セシリアは「えぇ……」と声を漏《も》らす。

そんな彼女にグレースは「気にしないでください、ただの主観ですから」という、フォローなのかわからない言葉を付け足した。

「それでどうして、そんな顔をしているんですか？　もしかして、前世で双子《ふたご》の攻略に手こずりでもしましたか？」

「いやぁ。手こずる以前に、そもそも攻略もしてないんだけどね……」

「それならどうして？」

もっともな疑問に、セシリアは困ったように頰を掻《か》いた。

「ほら。二人ってなんか……バッドエンドがアレじゃない？　私、あまりそういうの好きじゃなくて……」

「あぁ、監禁《かんきん》エンドと心中エンドの話ですか？」

訳知り顔でそう言うグレースに、セシリアはげんなりとした顔で一つ頷いた。

アイン・マキアスとツヴァイ・マキアスは、マキアス侯爵《こうしゃく》家に生まれた双子である。

一卵性《いちらんせい》なので顔は見間違えるほどそっくりなのだが、性格は『気が強い兄』と『気弱な弟』とあまり似てはいない。

ゲームでの二人は、双子という特性以外、あまりぱっとしないキャラクターとして描《えが》かれていた。少し気になる点といえば兄弟の仲が良すぎることぐらいで、セシリアの前世であるひよのも、最初は攻略する気満々だった。

しかしある時、ひよのはSNSでとんでもないものを発見してしまう。

それは、彼女よりも先に双子を攻略したという漫画家《まんがか》さんの二次創作だった。漫画として、それは素晴《すば》らしい完成度を誇《ほこ》っていたのだが、問題はその中身だった。

『バッドエンドのその後』というタイトルがついたその漫画は、アインがリーンを牢屋《ろうや》の中に閉じ込めて、飼っているというもので……

ひよのは、たまらず叫《さけ》び声を上げた。

ネタバレはあんまり好きではなかったのだが、その描写《びょうしゃ》が気になり、ひよのは少し情報を漁《あさ》ってみた。すると出てきたのは、二人のバッドエンドの情報だった。

双子はその育った環境《かんきょう》から、互《たが》いへの依存《いそん》度が高く、どちらかだけの好感度を上げすぎてしまうと、もう片方がものすごい嫉妬《しっと》をしてしまい、最悪バッドエンドを迎《むか》えてしまうらしい。

しかもそのバッドエンドが曲者《くせもの》で、アインの場合は嫉妬に狂《くる》いリーンを監禁してしまう『監禁エンド』、ツヴァイの場合は三人で一緒《いっしょ》に幸せになろうという『心中エンド』が待ち構えているというのだ。この二人を攻略するためには、ほとんど同時に好感度を上げなくてはならないらしく、その繊細《せんさい》さから、プレイヤーには『天秤《てんびん》ルート』なんて呼ばれていたほどだった。

背徳的な雰囲気《ふんいき》に惹《ひ》かれたのだろうか、この双子のバッドエンドはどちらもハッピーエンドよりも人気が高く、二次創作も多く存在した。

しかし残念ながら、ひよのには全く合わなかったのだ。……むしろ、嫌悪感《けんおかん》を覚えるほど。

そのため、前世でも攻略しなかったし、今回もできるだけ関《かか》わり合いにならないように努めてきたのだが……

「ダンテのバッドエンドみたいに、ズバー！　っと殺されるならまだしも、私、ああいうネチネチとした雰囲気が、ちょっとダメみたいで……」

「同じバッドエンドでも、あの二人のは他《ほか》と種類が違《ちが》う感じですからね。……でも、双子の攻略はダンテさんの攻略よりも易しかったはずですし。そもそもの話、バッドエンドに進まなかったらいいだけなので、あまり気にしなくてもいいんじゃないですか？」

「そう、なのかなぁ……」

泣きそうな声で、セシリアはそう呟《つぶや》く。あの二人のバッドエンドは、思い出しただけで寒気がするのだ。鳥肌《とりはだ》も立つし、もし自分の身に起こるとしたら……なんて考えたくもない。

「とにかく、『障り』を何とかしたいのなら、それ以上の方法はありません。双子と関わり合いになりたくないというのなら、この件は諦《あきら》めるしかないですね」

「そんなぁ……」

「ま、最終判断はお任せしますよ」

話は終わったとばかりに、グレースはまた机に向かう。目線はもう、研究結果であろう紙の束に向けられていた。

セシリアは話の終わりを感じて立ち上がる。

そして、お礼を言って立ち去ろうとしたその時、グレースが口を開いた。

「気をつけてくださいね。私だって、貴女《あなた》が傷つくのは本意ではありませんから」

そう言いながら、彼女はセシリアがほとんど見たことのない、優《やさ》しい笑みを口元に浮《う》かべる。

「頑張《がんば》って、運命を変えてきてください。……楽しみにしています」

彼女の励《はげ》ましに、セシリアの口角も上がる。表情が乏《とぼ》しくてよくわからないが、きっとグレースも自分のことを応援《おうえん》してくれている。それがわかって、セシリアの胸は温かくなった。

「うん。ありがとう、グレース！」

笑顔でそうお礼を言うと、グレースは「いえ」と再び口元に笑みを浮かべた。

そして、そのままグレースは視線を扉《とびら》の方へと滑《すべ》らせる。

「お迎えが来たようですよ」

「お迎え？」

「私、一度聞いた足音は全《すべ》て記憶《きおく》しているんです」

彼女の台詞《せりふ》が途切《とぎ》れると同時に、扉がノックされる。グレースが「どうぞ」と言うと、扉が開いて、見知った顔が部屋を覗《のぞ》いた。

「迎えに来たよ、セシル。もう話は終わった？」

そう言ったギルバートに、セシリアは「うん！」と元気よく頷いた。

それから一週間後——

『つまり、また危険な綱渡《つなわた》りをするってことだよね？』

「……はい。なんか、本当にすみません……」

扉の向こうでため息をついたギルバートに、セシリアは申し訳なさそうな声で謝罪した。

その日、セシリアの姿は、寮《りょう》の部屋にあった。

彼女は真新しいジャケットに袖《そで》を通しながら、扉の外にいるギルバートと会話をする。

「でもさ。あれから色々考えたんだけど、やっぱりこの方法が一番確実かなって」

『「障《さわ》り」を完全に祓《はら》うのに？』

「うん。だから、気は進まないけど、やるしかないかなって！　ギルには心配かけちゃうかもしれないけど……」

『俺が心配する云々《うんぬん》は、別にいいよ。なんかもう、今更《いまさら》だし……』

諦めを含んだような声に、セシリアは苦笑いを浮かべた。心配してくれる彼には申し訳ないが、もうここまで来た以上『障り』自体をなんとかしなければ、セシリアには平和な未来はやってこないのだ。

そのためにはまず、アインとツヴァイの二人と顔合わせをしなければならない。

彼女はいつもより入念にカツラのセットを整え、襟《えり》を正す。そうして、鏡の前で自分の姿を確認《かくにん》した。

「よし！」

鏡の中には、正装した男爵子息、セシル・アドミナの姿がある。

制服よりもかしこまっているが、夜会の時よりも華美《かび》ではないその衣装《いしょう》は、何か使うときがあるかもしれないと入学前に彼女が用意したものだった。

扉を開けると、そこには同じように正装をしたギルバートの姿がある。いつも流している前《まえ》髪《がみ》は、半分後ろになでつけてあり、全体的になんというか黒っぽい印象だった。

「それじゃ、行こうか」

「うん！」

そう言って二人は、寮の廊下《ろうか》を並んで歩き出した。


ゲームでの双子《ふたご》とリーンの出会いは、ヴルーヘル学院で開かれる春のお茶会で描かれる。

いずれ家や国を背負って立つ貴族子女が通うヴルーヘル学院には、春と秋に一回ずつ、社交界を模した大規模なお茶会が開かれる。基本的に参加は自由なのだが、ここで将来に役立つコネを作っておこうという人間も少なくないので、ほとんどの生徒が参加しているのが現状だった。

リーンはそのお茶会に、セシリアに誘《さそ》われ参加する。しかし、ドレスを着てくることなく、いつも通りの制服姿で参加した彼女は、セシリアを含《ふく》め、その取り巻き令嬢《れいじょう》たちのいい笑い物になってしまうのだ。もちろん、セシリアはリーンがドレスを持っていないことも、社交場でのマナーを知らないことも承知の上で、リーンのことを誘っている。つまり、最初から笑い物にするためにリーンを誘ったのである。

まだ貴族としての常識を知らないリーンは、自分がどうして笑われているのかも正確に理解できないまま、泣き出しそうな顔で視線を落とす。

そこで颯爽《さっそう》と現れるのが、マキアス家の双子なのである。

二人はリーンを庇《かば》い、セシリアに向かって口を開く。

『そういうのは、あまり感心しない、です』

『着飾《きかざ》ってその程度の人間に、彼女をどうこう言う資格はないんじゃない？』

あまりにも生意気な双子の登場に、セシリアは顔を真っ赤にした後、怒《おこ》って帰ってしまう。

そして呆然《ぼうぜん》とするリーンに対して、彼らはこう言い放つのだ。

『大丈夫《だいじょうぶ》、ですか？』

『よかったら、一緒にあっちで休む？』

　そうして、リーンは段々と双子と仲良くなっていく……。

　セシリアは今まさにこのイベントを再現しようとしていたのだ。

　春のお茶会ではなく、秋のお茶会で。

「問題は、どうやって知り合うかなんだよねー。あんまり悪いイメージつけたくないから、リーンをイジメるとかはしたくないんだけど……」

「そういうのはそっちにまかせるからさ。とりあえず、アインの監禁《かんきん》予定場所教えてくれる？　後、ツヴァイの心中云々の情報も」

　淡々《たんたん》とそう言い放つ義弟《おとうと》にセシリアは目を瞬《しばた》かせた。

「ギル。なんかそれ、私が失敗する前提で動いてない？」

　セシリアの言葉に、ギルバートは冷ややかな目を向けた。

「胸に手を当てながら、今までの行動を振《ふ》り返って。……まさか、なにも起こさず、無事になんとかなると思ってるの？」

「そ、それは……」

　この半年にも満たない間に、セシリアは幾度《いくど》となくミスを繰《く》り返している。そんな彼女を一番近くでフォローしている彼からしてみれば、このぐらいの警戒《けいかい》は当たり前なのだろう。

「姉さんはさ。本能のまま、考えなしに動くし」

「うっ……」

「重要なことも自分だけで決めるし」

「ぐ……」

「そのうえ、全てにおいて事後報告。なのに、フォローだけはこっちにやらせるし……」

「あー……」

「正直、一週間に一回は『なんでこんな人間を好きなんだろう』って思っちゃうよね」

「本当に、すみません」

言葉の刃《やいば》が刺《さ》さったセシリアはがっくりと肩《かた》を落とす。

そんな彼女を視界の端《はし》に置いて、彼は仕方がないといった感じで、唇《くちびる》を引き上げた。

「まぁ、いいよ。振り回されるのは慣れてるからね」

「ギル……」

「はい。わかったら、さっさと吐《は》く。本当に監禁やら心中やらになるわけにはいかないんだからね。グレースから聞いた情報もあるんでしょ？」

促《うなが》されるまま、セシリアは知っている情報を教える。しかし、前世で攻略《こうりゃく》していないため、知っている情報はたかがしれていた。ほとんどがグレースから教えてもらった情報である。

「そういえばギルってさ。私が前世のことを話しはじめたとき、まったく疑わなかったよね？」

それを聞いたのは、ちょうど男子寮と女子寮の間にある広場に出た時だった。立ち止まるセシリアにギルバートは振り返る。

「なに？　疑ってほしかったの？」

「そうじゃないけど、私が逆の立場だったら信じられなかっただろうなぁって思うからさ」

その言葉に、ギルバートは自身の顎《あご》をさする。

「……まぁ、俺の方も違和感《いわかん》は感じてたしね」

「違和感？」

「姉さん、六歳ぐらいの時に殿下《でんか》との婚約《こんやく》を言い当てたでしょ？」

「え？　そうだっけ？」

「うん。あの頃《ころ》はまだ、殿下の婚約者が姉さんになるかウィルス家のご令嬢になるかわからなかったのに……」

言われてみればそうだったかもしれない。けれど、きっとなんてことない会話での発言だ。セシリアが六歳ということは彼もまだ五歳ぐらいだったのにもかかわらず、本当によく覚えているものである。

「それに、ドニーが最初うちに来たとき、名乗ってないのにドニーの名前を言い当てたでしょ？」

「えっと……」

「他《ほか》にも『カップラーメン』とか『スマホ』とか、意味がわからないことを言うのはしょっちゆうだったし。いきなりハンスに身体鍛《からだきた》えてもらうとか言い出して、理由を聞けば『死にたくないからね！』なんてわけのわからないこと言いはじめるし……」

「あははは……」

セシリアは乾《かわ》いた笑いを漏《も》らす。

自分のことを迂闊《うかつ》だと思ってはいたが、さすがにそこまでとは思っていなかった。

「ま、他にもいろいろ違和感があって、何か隠《かく》してるのかなぁって思ってたら、あのカミングアウトだよ。しかも、男装して学院に通いたいとか言いはじめるし、正直、最初は本当にどうしようかと思った」

げんなりとした表情の彼にセシリアが苦笑いを浮《う》かべる。

「それじゃ、なんか驚《おどろ》かせちゃったね……」

「いやもう。どちらかと言えば、ひいたよね」

「ひいた？」

「どこの誰《だれ》に、一体なにを吹《ふ》き込まれたんだろうって思ってた」

思いも寄らぬ言葉に、セシリアの目は大きく見開いた。

「もしかして、私の前世の話、信じてなかったの⁉」

「信じられるわけないでしょ？　いきなり『前世』とか言い出した人間のどこを信じればいいんだよ。……しかも言ってるのが、この超絶《ちょうぜつ》お人好《ひとよ》し人間だよ？　疑う要素しかないでしょ？」

当たり前だとばかりにそう言われ、セシリアは口をわなわなと震《ふる》わせる。そんな彼女にかまうことなく、ギルバートは「でもま、いざ始まってみたら、何もかも姉さんの言うとおりになるし、もう信じざるを得なかったけどね」と、つけ足した。

その話しぶりからして、きっと彼がセシリアの『前世』を信じはじめたのはつい最近のことだろう。それまで彼は慌《あわ》てふためくセシリアに話を合わせてくれていたということになる。

そこまで思い至り、セシリアは、はた、と思考を止めた。

「でもさ、それならギルは私の言ってることを信じてないのに、ここまで協力してくれたってことだよね？」

「そうだね」

「なんで？」

セシリアが学院に通うまでの手続きや、偽《にせ》の身分の用意、男物の制服など。その他諸々《もろもろ》を準備してくれたのは彼だ。もし、信じていない状態でそこまでしてくれたのなら、そこに理由がなくてはおかしい。

「姉さんがそう望んだからでしょ？」

当たり前だという風《ふう》に言われ、セシリアは意味がわからず首をひねる。

「別に、違和感がなくて、理由がまったくわからなくても、姉さんが『男装して学院に通いたい』って言ってたら協力してたよ。……理由はそれだけ」

「そうなの？」

「俺は姉さんに甘いからね。姉さんがしたいことなら、なんでも協力するよ」

なんてことない顔でそう言う彼に、さすがのセシリアも噴《ふ》き出した。「なんでも」なんて、冗談《じょうだん》だと思ったのだ。

そうしていると、突然《とつぜん》二人の背中に甲高《かんだか》い声がかかった。

「すみません。お待たせしましたか？」

その声に、二人は振り返る。するとそこには、ドレスを着たリーンがいた。夜会の時のようなデコルテを出したものではなく、首元が詰《つ》まっている慎《つつ》ましやかなデザインのドレスである。それは、今日のためにセシリアが用意したものだった。ちなみに彼女の参戦も、セシリアがどうしても、と頼《たの》んだからである。

（条件はできるだけ揃《そろ》えておきたいもんね……）

リーンは辺りに人がいないことを確認《かくにん》すると、ヒロインの顔を収める。代わりに出てきたのは、セシリアの親友、リーン・ラザロアの顔だ。

「もう、まったく！　こういう日ぐらい、お手伝いの人増やしておいて欲しいわよね！」

プリプリと怒《おこ》りながら、リーンは腰《こし》に手を当てる。

こういう催《もよお》し物が学院で開かれるとき、女性は一人でドレスを着るのが困難なため、学院で雇《やと》われている使用人か、この日のためだけに家から呼び寄せた各家の使用人が手伝うのが普通《ふつう》である。リーンは学院で雇われている使用人に手伝ってもらったらしいのだが、どうやら人数が足りていなかったがために、長く待たされてしまったようだった。

ほとんど初めて見るリーンのドレス姿に、セシリアは弾《はず》むような声を上げた。

「わぁ！　すっごい似合ってるね！　めっちゃ可愛《かわい》い！」

「でしょ？　私って可愛いんだから」

リーンは自信満々に胸を反らす。本当に可愛いのだが、こういう風に自分で言ってしまう辺りが憎《にく》めなくて、可愛くて、ちょっと残念だ。

リーンはそのまま目線をセシリアからギルバートに滑《すべ》らせた。

「別に、貴方《あなた》も褒《ほ》めていいのよ？」

「……褒められたいのなら、褒められるだけの価値をつけてからもう一度口を開いてください」

その瞬間《しゅんかん》、リーンとギルバートの間にある空気が、氷点下にまで冷え込んだ。

セシリアは、その間でおろおろと二人を交互《こうご》に見る。

「女性ぐらい簡単に褒めなさいよ。これだから、重い男は……」

「貴女《あなた》にそれは関係ないでしょう？　そもそも、その程度で人に褒めてもらおうと思ってるその性格が嫌《いや》なんですよ」

「もーやめてよ！　二人ともなんで喧嘩《けんか》するようになっちゃったの？」

睨《にら》み合う二人の間に割り込むようにして、セシリアは声を上げる。

リーンも転生者で、実はセシリアの前世の親友でした！　とギルバートに明かした辺りから、二人の関係がこんな感じになってしまった。前は良くも悪くも関《かか》わり合いが少なかったのに、今ではちょっとしたことでこんな風にいがみ合ってしまう。

もちろんその分、三人で話し合うなんてことも出来るようになったのだが……

「しょうがないでしょう？　反りが合わないんだから！」

「姉さんはよくこんな人と親友やれてたよね」

「やめて！　私には二人のうちのどっちか、とか選べないんだから！」

そうセシリアが頭を抱《かか》えると、二人は同時に呆《あき》れたような顔つきになる。

「どっちかなんて、選ばなくてもいいに決まってるでしょ。馬鹿《ばか》ね」

「別に、姉さんの交友関係をとやかく言うつもりはないから、安心して」

（……この二人、実は似ているのでは？）

こんな風に息が合うことも度々《たびたび》だ。

ギルバートとの会話にも飽《あ》きたのか、リーンはスカートを翻《ひるがえ》す。そして、庭園の方につま先を向けた。

「セシリア、わかってるわね。このお礼は高いわよ？」

「……はい」

項垂《うなだ》れるようにして頷《うなず》くと、リーンの形のいい唇《くちびる》が引き上がる。

「それじゃ、双子《ふたご》攻略《こうりゃく》に行きましょうか。王子様」

「あはは……。よろしくお願いします」

そう言われ、セシリアは伸《の》ばされた手を取った。

第二章　天秤の双子

ヴルーヘル学院のお茶会は、毎回、学院の庭園で行われる。

荘厳《そうごん》な学院の建物を背景に、芝生《しばふ》の生《お》い茂《しげ》る地面。等間隔《とうかんかく》で並べられた木々に、足下《あしもと》には可愛い半円状のジニアが咲《さ》き誇《ほこ》る。真ん中には富《とみ》の証《あかし》である噴水《ふんすい》が高々と水を噴き上げており、端《はし》には日除《ひよ》け用のドームが二つと、四つの石像が並んでいた。石像の人物は、おそらく古くからこの学院を運営しているクレメンツ伯爵《はくしゃく》家の歴代当主たちだろう。

円卓《えんたく》を取り囲む貴族見習い生徒《せいと》たちの間を縫《ぬ》うような形で、セシリアとリーンは進む。

立食でも楽しめるようになっているのは、ここが食事やお茶を楽しむ場ではなく、互《たが》いに意見を交《か》わしたり、商談をしたりする場だからだろう。

アインとツヴァイの姿を探すために、セシリアは辺りを見回す。

「初めて来たけど、結構皆《みんな》気合い入ってるなぁ」

「当然でしょ？　順風満帆《じゅんぷうまんぱん》なシルビィ家とは違《ちが》って、他《ほか》の家はいろいろあるんだからね。このお茶会で未来の当主に話をつけておこうって人間や、ここで結婚《けっこん》相手を見つけておこうって子も少なくないんだから」

言われてみれば、みんな心なしか授業よりも真剣《しんけん》な顔をしている気がする。このお茶会が目当てで入学してくる貴族子女も少なくないと聞いていたが、なるほど、といった感じだ。

「嫡子《ちゃくし》はそのまま跡《あと》を継《つ》げばいいからまだ気楽でしょうけど、婚約者がいない女性や次男・三男なんかは、この場での行動が後々響《ひび》いてくるでしょうからね。そりゃ必死よ。……ほら、ギルバートも、そこで困った顔をしてるでしょ？」

セシリアはリーンの指す方向を見る。

そこには、人に囲まれているギルバートがいた。会場に着いてすぐ捕《つか》まってしまったのだ。一見、普通に受け答えしているように見えるが、見る人が見ればあれは彼の困った顔だとわかる。辺りを見回せば、ある程度力を持った貴族の嫡男の周りには人だかりが出来ていた。

「しかもアンタの義弟《おとうと》、コールソン家に戻《もど》る話も出てるじゃない！」

「え!?」

「二つの公爵《こうしゃく》家と明確な接点のある男って、なかなかいないでしょうからね。そりゃ、群がられるってもんよ！　普通の人は、コールソン家と本人のゴタゴタは知らないだろうし……」

「ギルがコールソン家に戻るって、そうなの!?」

思わず前のめりになったセシリアに、リーンは目を瞬《しばたた》かせた。

「あら、知らなかったの？」

「知らない！　ギル、なにも言ってなかったし！」

狼狽《うろた》えるセシリアに、リーンは人差し指を立てた。そして「話って言っても、もちろん噂《うわさ》レベルよ?」と前置きをする。

「なんかね。私たちがこの前、ベルナールを捕まえたでしょ？ それで芋《いも》づる式にティッキーの悪行も明るみに出ちゃって、彼がニコルのスペアとして機能しなくなっちゃったらしいのよ」

「もしかして。その代わりに、ギルを?」

「まぁ、そういうことね。ニコル・コールソンの病弱っぷりは有名だもの。その分、優秀《ゆうしゅう》さも有名なんだけれどね。コールソン家としては、もしもの時の備えが欲しいって感じじゃない?」

それは、あまりにも身勝手すぎる理由だ。

いらないときは捨てておいて、必要になったら戻ってこいだなんて、酷《ひど》いにもほどがある。

「それと、何人かの生徒がコールソン夫人を学院で見たって言ってるのよ。しかも何度も。ジェイドは『もしかして、ギルに直接頼みに来てるんじゃない?』って言ってたわ」

「知らなかった……」

セシリアは呆《ほう》けたようにそう呟《つぶや》く。しかし、それと同時に、(だから最近、放課後に一人で姿を消すことが多かったのか……)と納得《なっとく》したりもした。

実は、グレースに話を聞きに行った日も、セシリアはギルバートを誘《さそ》っていたのだ。いつもなら二つ返事でついてくるはずの彼が『ちょっと用事があるから……』と断ってきた時は驚《おどろ》いたが、その時は『そういう日もあるかぁ』と特に気にもしなかった。

もしかしたらその日、彼は夫人と会っていたのかもしれない。

（ギル、どうするんだろう）

自分をないがしろにしていたとはいえ、本当の親からの頼《たの》みだ。もしかすると、もしかするのかもしれない。セシリアの両親は彼が本気で願えば、きっとその申し出を了承《りょうしょう》するだろうし、応援《おうえん》もしてくれるだろう。なので、全《すべ》ての判断は彼自身に委《ゆだ》ねられているということになる。

（もしそうなったら、寂《さび》しいけど……）

それでも自分に止められるわけがないのだ。本当の両親に認められることが彼の幸せならば、それはきっと応援するべきことなのだろう。

少なくとも、血の繋《つな》がっていない義姉《あね》なんかの言葉で惑《まど》わすべきじゃない。

「で、どうするの？　これからゲーム通りに、私のこといびってみる？」

いきなり切り替《か》わった話に、セシリアは「え？」と間抜《まぬ》けな声を出した。そんな彼女に、リーンは腰《こし》に手を当てて目を眇《すが》めた。

「ここで知り合おうと思ってるんでしょ？　双子と」

「あ、そっか！」

ギルバートのことが気になりすぎていて、ここに来た目的を見失っていた。

セシリアは頭を切り替える。

「えっと、そのパターンで知り合うのはリスクが高いかなって思うんだよね。これから好感度上げていこうって相手なのに、印象悪くするのはよくないし！」

「まぁ、それもそうね」

「そもそも、どこをいびればいいのかわからないし……」

ゲームとは違い、リーンは制服ではなくドレスを着ているのだ。まず、いびるところが見つからない。それに、セシリアは人の欠点を見つけるのがあまり得意ではないのだ。

悩《なや》むセシリアにリーンは口角を上げる。

「ま。アンタは人を貶《おとし》めるとか出来ないタイプよね。……でも、それならどうしましょうか？」

「どうしよっか……」

二人で同時に首をひねった、その時――

「お前たちも来たのか」

そう声をかけられ、セシリアは顔を跳《は》ね上げた。そこには、正装したオスカーがいる。

「オスカー!? 来てたの？」

「俺は毎回、参加してるからな」

こちらはギルバートとは対照的に白を基調とした服を纏《まと》っている。心なしか、初めて出会った社交界の夜を思い出させた。

そして、そんな彼の隣《となり》には……

「やっほー」

「ダンテも来てたんだ！」

同じように正装したダンテがいた。首元までちゃんと締《し》まっている服装の彼を見るのは、もしかしたら初めてかもしれない。こうしてみると、ずいぶんと様になっている。本当の貴族だと言われても、きっと信じてしまうだろう。

「ダンテってばこういうの、てっきり参加しないものだとばかり思ってた……」

「ま。こういう場は、オスカーも狙《ねら》われやすいしね。一応、側《そば》についてるんだよ」

「護衛ってこと？」

「そんな大げさな感じじゃないよ。でもほら、嫌《いや》じゃん。自分の気に入った人間が、自分以外の誰《だれ》かに害されるの」

カラカラと彼は笑う。正体がバレてからの彼は、いろんな意味で遠慮《えんりょ》がなくなって、とても楽しそうだ。ゲームでは終始オスカーに正体を隠《かく》していたので、こんな風に生き生きとする彼は見たことがなかった。

オスカーは辟易《へきえき》した顔で首元に巻き付いているダンテの腕《うで》をひっぺがす。

「俺は別に居なくていいと言ったんだがな……」

「まー、そう言うなよ。それに最近、よくない噂も聞くだろ？」

「よくない噂？」

セシリアが首をひねると、ダンテは僅《わず》かに声を潜《ひそ》めた。

「ジャニス王子がまた動き出したとかって」

ジャニス王子というのは、隣国《りんごく》の王子で、ダンテをオスカーに差し向けた張本人である。セシリアが知る中でも、オスカールート、ギルバートルート、ダンテルートで現れるラスボスだ。

「あくまでも噂だろう？　気にする必要はない」

「でもほら、俺を派遣《はけん》してオスカーのことを殺そうとした張本人だし」

「証拠《しょうこ》はない」

「俺を突《つ》き出せば一発じゃん」

「お前のそういう冗談《じょうだん》は好きじゃない」

「俺はそういう堅物《かたぶつ》なオスカーが好きだけどね」

苦虫を噛《か》み潰《つぶ》したような顔をするオスカーに、ダンテは笑う。

どうやらオスカーの周りにあまり人がいないのも、ダンテがわざと近寄らせないようにしているからのようだった。確かに、貴族同士が話している時の割り込みは御法度《ごはっと》である。

「それで、こんなところで突っ立ってなにをしてるんだ？」

オスカーの問いに、セシリアは再び目的を思い出す。

「実はね、知り合いになりたい人がいて！」

「知り合い？」

「マキアス家の双子《ふたご》なんだけど、……オスカー、知ってる？」

セシリアの問いにオスカーは片眉《かたまゆ》を上げた。

「知ってるぞ。というか、一応どの貴族とも顔合わせぐらいはちゃんとしているからな」

「そうなんだ。……俺も知り合いになりたいんだけど、ちょっときっかけがなくてさー」

「そもそも、どこにいるかもわかりませんしね」

リーンも困ったような顔で同意した。そんな二人を見下ろしながら、オスカーは口を開く。

「そういうことなら、紹介《しょうかい》してやろうか？」

「へ？」

「そのぐらいは出来るぞ？　マキアス家の双子は、さっきその辺を歩いていたからな。今もそう遠くへは行ってないだろうし」

「ホント!?　やった！」

セシリアは両手を挙げて喜ぶ。

そんな彼女にオスカーは少し嬉《うれ》しそうに唇《くちびる》の端《はし》を上げた後、首をひねった。

「でもなんで、あの双子と知り合いになりたいんだ？」

「え？」

「何か理由があるんだろう？」

セシリアは「それは……」と言い淀《よど》む。正直、なんと言えばいいのかわからない。前世のことも男装のことも話していないオスカーに、もちろん本当の『理由』は伝えられないからだ。

（というか、なんで理由とか聞いてくるんだろ……）

一週間前にもオスカーはセシリアを疑うようなことを言っていた。もしかして、これは本当に何か勘付《かんづ》かれているのかもしれない。

そう思った瞬間《しゅんかん》、セシリアの脳裏《のうり》に、血で染まった真っ赤なゲーム画面がフラッシュバックする。顔からは、さぁ、と血の気がひいた。

「や、や、や、やっぱり、大丈夫《だいじょうぶ》！　自分でなんとかしてみるよ！」

「おい！」

「あっちにいたんだよね！　情報ありがとう！」

「ちょ、セシル様!?」

リーンの焦《あせ》ったような声を背中で聞きながら、セシリアは逃《に》げるようにその場を後にした。

ものすごいスピードで走り去って行く婚約者《こんやく》の姿を、オスカーは見守る。その背中が人混《ひとご》みの中に消えて、彼はそっと息をついた。胸を満たすのは言いようのない寂しさである。

（やっぱり俺には話せない、か）

セシリアが男装して学院に通っていることは飲み込めた。その理由が自分には話せないことなのだというのも理解した。

(おそらく、セシリアは神子《みこ》候補だ)

その事実にもようやく最近、思い至ったところだ。そうでなくては『選定の儀《ぎ》』で彼女が『障《さわ》り』を祓《はら》えた理由も、宝具をつけている現状も説明がつかない。

しかし、理由がわかっても、説明がついても、胸のつかえが下りるわけではない。オスカーにとっては、『なぜそれらをセシリアが自分に話せないのか』の方が重要だった。

オスカーは自身の腕についている宝具に触《ふ》れる。セシリアが今しているそれは、きっとギルバートが渡《わた》したものだろう。

自分には頼《たよ》ってこない彼女が彼には頼る。その事実に、なぜか胸がひどくざわついた。

(俺は——)

「オースーカー」

「——っ！」

急に耳元で低い猫《ねこ》なで声が聞こえ、オスカーは飛び上がる。耳を押さえ、囁《ささや》いた人物から距《きょ》離《り》を取ると、彼はおかしそうに肩《かた》を揺《ゆ》らしていた。

「耳元で変な声を出すな！」

「いやぁ、哀愁漂《あいしゅうただよ》ってるなぁって思って」

ダンテはオスカーの首元に腕《うで》を回す。そして、励《はげ》ますように言葉を重ねた。

「ま、そんなに気にすることないんじゃない？　別に嫌《きら》われてるってわけじゃないんだしさ」

その言葉に、オスカーはダンテが前に一度、セシルのことを『女』だと言ったことを思い出した。あれは確か、まだ夏にもなっていない頃《ころ》。定期試験の勉強をするとかで、初めて四人で円卓《えんたく》を囲んだときである。

「……お前は、セシルの秘密を知っていたのか？」

「んー。どうだろ？」

ダンテは意味深に目を細めた。そして、何かを思い出すかのような笑《え》みを口元に浮《う》かべる。

「俺、セシルと『絶対に誰にも言わない』って約束しちゃったからなぁ。それはさすがに、オスカーにも言えないかな？」

「……それはいいのか？」

「何が？　俺は何も言ってないよ？」

言ってないが、言っているようなものだ。どうやら彼はセシリアと何らかの密約を交《か》わしているらしい。オスカーはため息とともにダンテから視線を外すと、指を折る。

「お前の他《ほか》に知っていそうなのは、ギルバートとグレースと、あとリーンも、か」

この調子だと、他にも知っている者がいるのかもしれない。そう思うと、気分はますます憂《ゆう》鬱《うつ》になっていく。

「俺だけ一人、蚊帳《かや》の外か」

オスカーは、面白《おもしろ》くなさそうに鼻を鳴らした。


「オスカーの申し出、断ってしまった……」

オスカーとダンテから離《はな》れたセシリアは、憂鬱な気分のまま会場内を歩いていた。セシリアが猛《もう》ダッシュしたためか、側《そば》にはリーンもいない。きっと途中《とちゅう》で一緒《いっしょ》に振《ふ》りきってきてしまったのだろう。これはおそらく、後々怒《おこ》られるやつである。

「はぁ……」

知らず知らずのうちにため息が漏《も》れて、背中が丸まった。

（オスカー、絶対変に思ったよね……）

一週間前のこともあったのでさっきは逃げてきてしまったが、よく考えれば先ほどのオスカーの疑問はもっともだ。『人を紹介してほしい』と言われたら、誰《だれ》だって『どうして？』と思うに違《ちが》いない。

（今のオスカーは、ゲームのオスカーと違うのに……）

セシリアを自分の側から排除《はいじょ》したいと考えている、リーンに一途《いちず》なゲームのメインヒーロー。そんな彼は今どこにもいないのに、頭と身体《からだ》が勝手に危機感を覚えてしまっている。なにもされていないのに怯《おび》えているだなんて、こんなの彼にも失礼だ。

「今のオスカーは、セシリアのことも嫌いじゃないし、セシルのことも好きなんだから……って――っ」

そう吐《は》いた瞬間、顔がかっと熱くなる。蘇《よみがえ》ってくるのは、一ヶ月ほど前にあった保健室での一場面だ。

『俺が好きなのは、お前に決まっているだろうが!!』

あの乱暴な告白の後、彼はそれまで通りに友人としてセシリアに接してくれている。なんと答えればいいのかわからないセシリアにしてみれば、それはありがたいことなのだが、このまま彼の優《やさ》しさに甘えてしまってばかりいるのもどうなのだろうか。

それに彼が告白したのはセシリアではなく、存在もしない偽《いつわ》りの姿であるセシルだ。これがまたややこしい。

(それならまだ、私自身に告白してくれた方がわかりやすいのに……)

だからといって、いざ告白されたらどうしていいのかわからなくなるのは今と一緒なのだが。

セシリアは頭を抱《かか》える。

(オスカーのことは好きだけど、そういう『好き』なのかって言われたらよくわかんないし!

そもそも、今はそれどころじゃないっていうか――って、……ん?)

そこで、セシリアの思考ははたと止まる。

(というか、破棄《はき》される気満々でいたから実感なかったけど。もしかして私、このままいくとオスカーと結婚する感じになるのでは……？)

「……え？」

ようやく思い至ったその事実に、間抜《まぬ》けな音が口から漏れた。

「オスカーと結婚……？　私が？」

口に出して、身に染《し》みる。そうして、頭がぐるぐると混乱しはじめる。

(え？　え？　そっか、嫌われてないってことは婚約破棄されることはないってことで。いやでも、オスカーが好きなのはセシルで！　でもでも！　セシルはセシリア《私》だから……)

あまりの事態に目眩《めまい》がした。それと同時に足下《あしもと》もおろそかになる。

「——わっ！」

ふらりとよろけた足は何かに躓《つまず》き、身体は前のめりになる。

危《あや》うく顔面から転《こ》けそうになった彼女を支えてくれたのは、何者かの腕《うで》だった。

「大丈夫ですか？」

「え？　……あ、はい」

鳩尾《みぞおち》に回った腕に、セシリアは顔を上げる。そして、そこにいた人物に彼女は大きく目を見開いた。

セシリアと同じぐらいの、男性としては小柄《こがら》な身長に、伏《ふ》し目がちな顔。大きな緑色の瞳《ひとみ》を飾《かざ》るのは、女性と見まごうばかりの長い睫毛《まつげ》。明るい赤茶色の髪《かみ》の毛は左側が編み込まれており、全体的に儚《はかな》い印象が彼を包んでいる。

(ツヴァイ⁉)

思わず上げそうになった声をすぐさま引っ込める。彼はセシリアの無事を確かめると「気をつけてくださいね」と声をかけ、その場を去って行った。

(み、みつけた!)

双子《ふたご》の片割れであるアインはいなかったが、これは大きな収穫《しゅうかく》だ。

彼女はツヴァイに気づかれないように、そっと彼の跡《あと》をつけるのだった。

ツヴァイがたどり着いたのは校舎の裏だった。辺りには人影《ひとかげ》はなく、彼は一人、誰かを待つように突《つ》っ立っている。セシリアはそんな彼のことを、校舎の陰《かげ》からじっと見守っていた。

(こんなところで何してるんだろ。……というか、暇《ひま》なら話しかけたいんだけど、ここじゃさすがに不審《ふしん》がられるかな?)

こんな人が立ち入らないところで話しかけるのは明らかに不自然だろう。ともすれば、ついてきたとも思われかねない。そうなればセシリアは一気に『不審者』として彼に認知《にんち》されてしまい、好感度を上げるどころの騒《さわ》ぎではなくなってしまう。

(とりあえず、ここを離れてからかな。もう少し人通りが多いところで……)

「いるんでしょ？　出てきてよ」

　背を向けたまま放たれた言葉に、身体がびくついた。隠《かく》れているのが見つかったのだろうか。

（こ、こうなったらちゃんと出て、自己紹介《しょうかい》した方が――）

　覚悟《かくご》を決めたセシリアが校舎の陰から出ようとしたその時、

「ちゃんと約束のものは持ってきたんだろうな！」

　そんな野太い声が聞こえた。

　見つからないように様子をうかがうと、ツヴァイの正面に三人の男子生徒が現れる。真ん中の生徒は、大柄で、いかにも『成金の息子《むすこ》です！』という感じの風貌《ふうぼう》だ。その両脇《りょうわき》には腕っ節だけが取り柄《え》のような男子生徒と、悪巧《わるだく》みの時にだけ輝《かがや》きそうな男子生徒がいる。

（ボスと、手下その一、その二、って感じね）

　不穏《ふおん》な空気にセシリアの眉間《みけん》にも皺《しわ》が寄る。ツヴァイは、そんな彼らに一歩歩み寄った。

「も、持ってきたよ！」

「それならさっさと出せよ！　そうじゃなきゃ、コイツ、殺しちまうぞ！」

　手下の一人が、背中から大きな麻袋《あさぶくろ》を取り出す。中で何かが暴れ回っているのか、その袋はボコボコと形を変えていた。

「ココ！」

　ツヴァイの呼びかけに応《こた》えるように、小さく猫《ねこ》の鳴き声がする。あの袋の中にはきっと猫が入っているのだろう。

(酷《ひど》い……)

それを見ていたセシリアも、思わず下唇《したくちびる》を噛《か》みしめる。

もう一人の手下は、その暴れ回る袋にナイフの先を当てた。

「ほら、早く出さないと、この袋が真っ赤に染まるぞ」

「や、やめて！　ココに手を出さないで！」

「悪魔《あくま》の子が、偉《えら》そうに人に指図するなよっ！」

駆《か》け寄ろうとしたツヴァイの腹をボスが蹴《け》り上げる。その瞬間《しゅんかん》、彼の小柄な身体はふわりと浮《う》き上がり、その先にあった木にぶつかる。

ツヴァイは小さな呻《うめ》き声を漏らした後、よろよろと立ち上がった。

「や、やめて、お金はちゃんと持ってきたから！」

ボスはツヴァイは懐《ふところ》から札束を取り出す。貴族のカツアゲだからだろうか、どうにも金額が大きい。

ボスはツヴァイからそのお金を奪《うば》い取ると、ためらうことなく懐に入れた。

「わるいな。ここ最近、金の使いすぎでさすがに親父《おやじ》に怒られてさ」

「それは持ってっていいから、だから！」

「おい、そのブローチもよこせよ」

ボスはツヴァイの胸倉《むなぐら》を掴《つか》み、胸元を指さした。そこには緑色の宝石がついた大きなブローチがある。売れば、きっといい金額になるだろう。

「いいだろ？」

「こ、これは……」

「四の五の言わずよこせよっ！」

（さすがに、我慢《がまん》できない!!）

セシリアは側《そば》にあった箒《ほうき》を持って走り出した。そして、走ったままの勢いで、箒をボスに向かってフルスイングする。鳩尾に箒が決まった瞬間、呻きながらボスは蹲《うずくま》った。突然《とつぜん》の攻撃《こうげき》に手下二人も目を白黒させる。

「おま、なにを――」

さすが喧嘩《けんか》慣れしているようで、手下その一がすかさず反応する。

彼は手に持ったナイフをセシリアに向かって振《ふ》り下ろそうとするが、それはギルバートの宝具によってはじき返されてしまう。

何かが弾《はじ》けるような音と共に宙に舞《ま》うナイフ。男の手から離《はな》れたそれが落ちてきたのはセシリアの下《もと》だった。彼女はそのナイフを空中でキャッチすると、手下その二の喉元《のどもと》に向ける。

「はい、もうおしまい。今ならこれで許してあげるから、さっき脅《おど》し取ったお金と、その猫を置いて帰って」

「おま――」

「帰って！」

睨《にら》み付けながらそう言うと、彼らはびくりと身体《からだ》を震《ふる》わせた後、互《たが》いに目を見合わせる。

「お、おい！　とりあえず、一旦《いったん》ずらかるぞ！」

「あ、うん！」

手下二人はボスを担《かつ》ぎ上げ、そそくさとその場から逃《に》げ帰っていった。

セシリアはふぅっと肩《かた》の力を抜く。同時に宝具にも触《ふ》れ、守りを解除した。

（なんか、予期せぬ出会い方をしてしまった……）

本当なら見過ごす方がよかったのかもしれないが、そうも出来ないのが彼女の性格だ。

（でも、これですごく印象が悪くなるってことはないだろうし、結果オーライかな）

振り返ると、ツヴァイが驚愕《きょうがく》に瞳を揺《ゆ》らしている。

「大丈夫《だいじょうぶ》？」

「あ、はい。ありがとう、ございます。……あ！　ココ‼」

ツヴァイは暴れ回る麻袋に駆け寄り、その口を開けた。するとそこから、どこかで見たことのある子猫が飛び出してくる。

「え？　あなたは――」

そこには、いつか見た子猫がいた。

あれはまだ『選定の儀《ぎ》』が始まって間もない頃《ころ》だ。王子様《セシル》ファンクラブに追われていた彼女は、逃げおおせた中庭で怪我《けが》をしたこの子と出くわした。怪我をしたこの子の足にハンカチを巻き付け、そのハンカチが原因でオスカーに『セシリアと会わせろ』と詰《つ》め寄られるようになったという痛い過去も同時に思い出す。

「あなた、ココっていうんだ！」

その言葉に応えるように、子猫は「にゃぁ！」と可愛《かわい》らしく一鳴きした。

「ココのこと、知ってるの？」

「あ、うん。前に一度、会ったことがあって」

「そう、なんだ」

ツヴァイは意外そうな顔で目を瞬《しばた》かせる。

その表情に、セシリアははっと何かを閃《ひらめ》いたような顔つきになった。

（もしかしてこれ、仲良くなるチャンスじゃない!?　ここから話を弾《はず》ませれば……）

セシリアの脳内に、お花畑のような未来予想図が浮かぶ。
（セ）『ココ、可愛いよね！』
（ツ）『でしょでしょ？　ココ可愛いでしょ？』
（セ）『うん！　すっごく可愛い！　大好き！』
（ツ）『君とは話が合いそうだ！　仲良くしよう！』

（セ）『やったー！　俺も仲良くなりたいと思ってたんだ！』

（完《かん》ッ璧《ぺき》！）

セシリアは胸元に握《にぎ》り拳《こぶし》を作る。

ついでにアインも紹介してもらって、三人で仲良くなれたら、これ以上のことはない。

（目標は、三人でお昼を食べられるようになること！）

セシリアの最終的な目標だ。それでトゥルールートに進むための好感度に足りるのかどうかはわからないが、友人としてはその辺りで合格点だろう。

セシリアは笑顔《えがお》でツヴァイに話しかける。

「あのさ、ココって――」

「うわあぁあぁ！」

彼女がツヴァイに向き合った瞬間、彼は大きくおののいて、再び尻餅《しりもち》をついた。

どうして驚《おどろ》いたかわからないセシリアは目を白黒させながら、彼の視線を追う。するとその先には、セシリアが持ったままにしていたナイフがあった。その切っ先は、ちょうど彼に向いている。

「あ、ごめん！」

そう焦《あせ》ってナイフを手放そうとした、その時――

「ツヴァイ!!」

耳を劈《つんざ》くような怒声《どせい》の後、がっ、と手の甲《こう》に石が当たった。その痛みと衝撃《しょうげき》で、セシリアは持っていたナイフを落としてしまう。

「いったぁ……」

続いて、蹲ったセシリアの肩に衝撃が走る。

「――くっ！」

その衝撃が蹴られたからだとわかったのは、仰向《あおむ》けに倒《たお》れた後。見上げた先にはツヴァイと同じ顔があった。しかし、その編み込みや前髪《まえがみ》の分け目はツヴァイと左右対称《さゆうたいしょう》で……

「え？　ア、イン？」

「お前、ツヴァイになにをした！」

アインから放たれた言葉に、セシリアの頬《ほお》は引きつる。

そうして、先ほどまでの自分の行動を反芻《はんすう》した。

（もしかして私、勘違《かんちが》いされてる？）

確かにあの『ナイフを持ったセシリアと、怯《おび》えたツヴァイ』の図を見れば、彼女が彼を脅しているように見えただろう。それこそ、さっき逃げていった三人組のように……

しかも、側には先ほどセシリアが返そうとした大金が置いてある。これは結構なダメ押しだ。

「えっと……」

頬に汗《あせ》が滑《すべ》る。こういう場合、加害者だと思われている人間がどれだけ言葉を重ねようがあまり意味はない。全《すべ》て言い訳に聞こえるからだ。それでもどうにか勘違いを撤回《てっかい》できないかと言葉を探していると、ツヴァイがアインに追いすがった。

「ア、アイン！　違うんだ、この人は——」

「ツヴァイも！　こんなひょろい奴《やつ》にやられてどうするんだ！　あと、呼び出されたら俺にも言えって言っただろ！」

頭に血が上っているのか、ツヴァイの言葉はアインの耳に届かない。彼はツヴァイの腕《うで》をむんずと摑《つか》まえると、側にあった金を懐《ふところ》にしまう。そうしてセシリアに背を向けた。

「次にこんなことしたら、ただじゃおかないからな！」

「あ、はい……」

「行くぞ、ツヴァイ！　ココも！」

アインに呼ばれて、ココは「にゃぁん！」と元気に返事をする。

そうして二人と一匹《ぴき》は仰向けになったセシリアを置いて、その場からいなくなってしまった。

流れる雲を見上げながら、セシリアは一人息をつく。

「なんで、こうなるかな……」

とりあえず、蹴《け》られた肩が痛かった。

「……潰《つぶ》すぞ。マキアス家」

いつになく低い声でギルバートがそう唸《うな》ったのは、セシリアとアインが最悪な出会い方をしてしまった、三十分後のことだった。

閉めきられた空き教室の隅《すみ》で、セシリアは手の甲の傷をギルバートに治療《ちりょう》してもらいながら苦笑いを浮《う》かべる。

「いや、アインも勘違いしただけだろうし。そこまで怒《おこ》らなくても……」

「石を投げつけるだけじゃなく、蹴ってもきたんでしょ？　しかも、止めるツヴァイの話も聞かないで……」

「まぁ、そうだけど」

「そうなったらもう、弁解の余地はないでしょ。というか、向こうだって公爵家《こうしゃく》の令嬢《れいじょう》に手を上げておいてタダで済むなんて思ってないよ」

「そもそも、向こうは公爵家の令嬢だとは思ってないからね！」

無表情のまま、絶対零度《れいど》の声を出すギルバートに、セシリアはそう慌《あわ》てたように声を上げた。

彼が怒ってくれるのはありがたいが、アインはただ弟を守ろうとしただけだ。それなのに怒られては、アインが可哀想《かわいそう》である。

ギルバートは救急箱の中から、消毒用のアルコールがついた綿を取りだし、セシリアの傷口に当てる。その瞬間《しゅんかん》、彼女の背筋は、ピン、と伸《の》びた。

「いたたた！　ギル、もうちょっと優《やさ》しくして！」

「これでも十分優しくしてるよ」

「でも、いたいって！　いっ！」

傷自体はそんなに痛くないのだが、消毒用のアルコールが染《し》みる。

目尻《めじり》に涙を溜《なみだた》めたセシリアの表情に、ギルバートは心配そうな声を出した。

「やっぱりさ。この怪我、モードレッド先生に見てもらった方がいいんじゃない？　このくらいの傷なら、すぐ治してもらえるだろうし……」

「私もそれは考えたんだけどね。でも、肩《かた》の怪我に気づかれたらやっかいだし……」

蹴られた箇所《かしょ》はちょうど神子《みこ》候補の印である痣《あざ》の隣《となり》だ。もし手の治療をしているときに、その怪我がバレて『肩を見せてみろ』なんてことになったらやっかいである。モードレッドはまだセシルが女性ということに気がついていないのだ。

「というか、そもそも肩の方は大丈夫《だいじょうぶ》なの？　腕は上がる？」

「ここまでぐらい、かな？」

そう言ってセシリアは腕を上げるが、それは通常の半分にも満たない。まっすぐに横にも伸ばせない状態だ。その様子を見て、ギルバートは厳しい顔つきになる。

「それ以上は痛いの？」

「うん、ちょうど関節のところにあたったみたいで。……あ、でも！　上がらないわけじゃないから大丈夫だよ！」

セシリアはわざと元気な声でそう言った。彼を心配させないように、痛みを堪《こら》え、笑顔でガッツポーズもしてみせる。

ギルバートはそんな彼女の様子を見た後、一つ息を吐いた。

「平気なのはわかったけど。一応、肩の方も見せて」

「へ？　なんで？」

「骨に異常がないかを確かめときたい。あと、俺に心配かけたくないからって理由で、普通《ふつう》に過少申告《しんこく》しそうだから」

「あはは……」

バレバレである。乾《かわ》いた笑いを浮かべるセシリアに、ギルバートは詰《つ》め寄った。

「ほら、肩出して」

「いや……」

「やっぱり何か隠《かく》してるでしょ？」

長い指先が伸びてきて、胸元《むなもと》のボタンに触《ふ》れる。なんのためらいもなく外された第一ボタンに、セシリアの身体《からだ》は硬直《こうちょく》した。

「ひっ！」

あっという間に顔も身体も熱くなる。ボタンを外す際に触れてくる彼の指先がなんとなくいたたまれない。

（し、心配してくれてるだけなんだから、振《ふ》り払《はら》うのもおかしいし！　いやでも、これは……）

反応に困る。

男の人に服のボタンを外されるだなんて、もちろん前世を通じて初めての経験だ。いつの間にか大きくなっていた彼の手や身体に、なんとなくドギマギしてしまう。

（服を脱《ぬ》がされてるって話じゃないんだから、平常心！　平常心！）

しかし、そう思うほどに、平常心になれないのが人間の心理である。

ギルバートは、ボタンを三つほど外し終わると、なんてことない顔で肩を確認《かくにん》する。そして、呆《あき》れたような声を出した。

「やっぱり腫《は》れてる。でもま、これぐらいなら大したことないかな。腫れがこれ以上酷《ひど》くなるようならまた教えてね？　――って、なんで赤くなってるの？　熱？」

「あ、いや、あの……。この状況《じょうきょう》が、恥《は》ずかしくて、ですね……」

目を合わさずにそう言うと、ギルバートは、はた、と何かに気がついたように固まった。そして、自身の指先をたどり「あ」と声を漏《も》らす。

きっと心配が過ぎるあまり、今の今まで自身の状況に頭が回らなかったのだろう。

彼はセシリアの服から手を離《はな》す。

「……ごめん」

「ううん……」

赤くなったギルバートから引き継《つ》ぐような形で、セシリアは自分でボタンを留める。指を動かしながら、彼女は自己嫌悪《けんお》に苛《さいな》まれていた。

(なんで赤くなるかなぁ、私！)

相手がなんとも思っていないのに、赤くなるだなんて本当に申し訳ない。ギルバートを無駄《むだ》に戸惑《とまど》わせてしまっただろうし、きっと変に思われてしまっただろう。セシリアには前世の記《き》憶《おく》があるが、彼にはないのだ。――『お姉ちゃん』は、こんなことで赤くならない。

自身の頭を落ち着かせるように、セシリアは両手で頰《ほお》を思いっきり叩《たた》く。パチン、という乾いた音に、少しだけ頭が冷静になった気がした。顔を上げると、ギルバートがこちらをじっと見つめているのが目に入る。その口元は緩《ゆる》やかに弧《こ》を描《えが》いていた。

「……なんか。ギル、嬉《うれ》しそうだね」

「嬉しいよ」

「なんで？」

「姉さんが赤くなってるから？」

ちょっと意味がわからない。なんで自分が赤くなると、彼が喜ぶのだろうか。もしかしてからかわれたのかとセシリアが首をひねっていると、話を元《もど》に戻すようにギルバートが口を開く。

「それで、仲良くはなれそうなの？」

「え？」

「あの双子《ふたご》と。仲良くならなくっちゃいけないんでしょ？」

ギルバートのその言葉に、セシリアはハッとしたような顔つきになり、彼に詰め寄った。

「あ、うん！　実はね、一ついい方法を思いついちゃって！　……協力してくれる？」

「もちろん」

彼の二つ返事に、セシリアは頰を引き上げた。


それから三日後――

「ということで、プリンを作りたいと思います！」

制服の上着の代わりにエプロンと三角巾《さんかくきん》。プリンを作るにはおおよそいらないだろう、フライ返しを持ったセシリアは、腰《こし》に手を当てたまま、そう宣《のたま》った。

場所は寮《りょう》の中にある学生専用厨房《ちゅうぼう》の一角。簡単な手続きをすれば借りられるそこは、利用者が貴族の子息や息女ということもあり、ほとんど使われていないような綺麗《きれい》さを保っていた。

妙《みょう》な意気込みを見せるセシリアの前にいるのは、呆れたような表情を浮《う》かべるギルバートとリーンである。

先に口を開いたのは、義弟《おとうと》の方だった。

「ちょっとよくわからないんだけど、どういうこと？」

「だから！　プリンを作って、アインとツヴァイにプレゼントしようと思って！」

当然という顔で答えるセシリアに、彼は眉《まゆ》を寄せながら首をひねる。

そんな要領を得ない彼に、セシリアは人差し指を立てた。

「乙女《おとめ》ゲームで攻略《こうりやく》対象の好感度を上げるのには、いくつか方法があるんだけど。代表的なのが、①好感度が上がる選択肢《せんたくし》を選び続ける。②相手が好きなものをプレゼントする。の二つなの！」

「だから姉さんは、好物であるプリンを作って、二人にプレゼントしようとしてるってこと？」

「そう！　そういうこと！　プリンの作り方は、前もって料理長さんに教えてもらってたし！　荷物を運ぶの手伝ったら、材料もわけてくれるって話になって！」

準備は万端《ばんたん》なのだと、セシリアは胸を反らす。

「というか、二人がプリン好きって。そんなのよく覚えてたわね……」

次に口を開いたのはリーンだった。

攻略対象たちの基本情報は、ゲームの『人物情報』のページに書いてあった。身長や体重、好きな色や苦手なもの等。そこには事細かにいろんな情報が書いてあったのだが、普通、『人物情報』なんてそんな頻繁《ひんぱん》にチェックするようなページではない。ましてや攻略もしていないキャラクターの情報ページなんて、開いてなくてもおかしくないぐらいだ。

彼女の疑問に、セシリアは背後の机に置いていた、とあるノートを二人に見せる。

「実は、これを見たんだ！」

「なにそれ？」

「グレースが作ってくれた、双子攻略ノート！」

機嫌《きげん》の良いセシリアの言葉に、ギルバートは「はぁ？」と怪訝《けげん》な声を出す。

「そんなのいつから持ってたの？」

「えっと、お茶会をした次の日？　頼《たの》み込んだら作ってくれたんだ！」

「……そういうのは共有してって、前から言ってるでしょ……」

何度言っても忘れてしまう義姉《あね》である。ギルバートは深いため息をつきながら、顔を覆《おお》った。

そんな彼を視界の端《はし》に入れながら、セシリアはノートをパラパラと捲《めく》ってみせる。

「あ、でも。これ、基本情報しか載《の》ってないんだよ！　好きなものとか嫌《きら》いなものとか、その辺の情報だけ」

「は？　なんで？」

「なんかね……」

セシリアは顎《あご》に指を置きながら、グレースからノートを手渡《てわた》されたときのことを思い出す。

『このノートに書いてあるのは、基本情報と攻略に関して気をつけるべきところだけです。マキアス家の二人に関して、私からはもうこれ以上お教えすることは出来ません』

『え、なんで!? 覚えてないとか？』

『もちろん、記憶が鮮明《せんめい》でないということもありますが。それ以上に、二人の秘密を彼らの同意なくセシリアさんに話してしまうことに、良心の呵責《かしゃく》がありまして……』

そう言った彼女はどこか迷っているようにも見えた。きっとセシリアに協力したい気持ちと、良心との間で板挟《いたばさ》みになっているのだろう。

その話を聞いて、ギルバートはますます眉間《みけん》に皺《しわ》を寄せる。

「それで、ノートだけ貰《もら》ってノコノコと帰ってきたの？ 自分の命がかかってるのに？」

「うん！ だって、誰《だれ》にも知られたくない秘密を私が同意なく勝手に知っちゃったらさ。なんか、二人が可哀想《かわいそう》じゃない？」

「それは、まぁ。そうかもしれないけど……」

ギルバートは、理解は出来るが納得《なっとく》はしていないというような表情を浮かべている。彼がセシリアの立場だったら、きっと良心の呵責なんて関係なく話を聞いていたに違《ちが》いない。

セシリアとギルバートのやりとりを聞きながら、リーンは渋《しぶ》い顔で腕《うで》を組んだ。

「まぁ、好感度を上げるのに、プレゼントは妥当《だとう》な方法よね。……で、一番大事なことを聞くんだけど。アンタ、料理出来るようになったの？」

「え？」

「前世の調理実習で班員全員を地獄《病院》に送ったアンタが、プリンなんて上等なものを作れるとは思えないんだけど」

ちなみに、地獄《病院》に送った後は、万年サラダ係として調理実習ではレタスをちぎるのに従事した前世である。

「大丈夫《だいじょうぶ》だよ！　料理長さんは、プリンを作るのは簡単だって言ってたし！」

「私が聞いてるのは料理の難易度じゃなくて、料理そのものが出来るようになったのかどうかってことよ？」

「簡単らしいから、大丈夫！」

「……出来ないのね」

リーンがそう頬《ほお》を引きつらせたその時、ギルバートが踵《きびす》を返した。そして、厨房から出て行こうとする。そんな彼を引き止めたのはリーンだった。

「ギルバート。まさか、逃《に》げる気？」

「違いますよ。とりあえず、胃薬を貰ってこようと思いまして」

「その前に、義姉の暴挙を止めなさいよ」

「俺が？」

「当たり前じゃない！」

ギルバートはしばらく固まった後、口を開く。

「まぁ、姉さんの命にかかわるようなことなら止めますよ」

「それは、寛容《かんよう》じゃなくて、甘やかしすぎっていうのよ！」

思わず叫《さけ》んでしまうリーンである。

彼女はなんとかして止めようと、セシリアにかぶりついた。

「そもそも！　億が一料理がうまくいっても、相手は美味《おい》しいものに囲まれて育った貴族よ？　下手《へた》なもの出すと、逆に嫌われるかもしれないわよ！」

「うん。私もそう思って、実はその対策もちゃんと考えてるんだ」

リーンは怪訝な顔で「対策？」と口をへの字にする。

「二人にあげる前に、ちゃんと美味しく作れてるか皆《みんな》に味見してもらおうと思って！」

リーンが「みんな？」と震《ふる》える声を出したとき、厨房の入り口が開く。そうして顔を出したのは、見慣れたメンバーたちだった。

「ここでいいのか？」

「うん！　なんかセシルが美味しいもの食べさせてくれるんだって！　楽しみだよね！」

ヒューイにジェイド。

「えー。でも、厨房ってのがなんかおかしくない？　俺、超《ちょう》不安なんだけど」

「まぁ、入ってみればわかるだろ。さすがに手料理なんてことはないと思うしな」

ダンテにオスカー。

「みんな、来てくれてありがとうね！」

そして、彼らを笑顔《えがお》で出迎《でむか》えるセシリア。

「今日は頑張《がんば》ってプリンを作りたいと思います！」

その言葉を聞いて、危機察知能力が一番長《た》けているであろうダンテがすぐさま踵を返した。


「今日は頑張ってプリンを作りたいと思います！」

それを聞いたオスカーの感想は『マジか、コイツ……』だった。

林間学校で、あれだけの不器用っぷりを周囲に見せつけておいて。さらに料理が不得手だという自覚があるにもかかわらず。よくもまぁそんな思い切りのいいことが言えるものだと、逆に感心してしまうぐらいだ。

オスカーがそんなことを思いながら呆《ほう》けていると、横にいたダンテが踵を返し、そそくさと扉《とびら》から出て行こうとする。そんなダンテの腕をむんずと摑《つか》まえると、彼は悪びれることもないへらりとした笑みをオスカーに向けた。

「……どこに行く気だ？」

「ちょっと用事があったの思い出してさ！」

そんなはずはない。彼はここに来るとき、『ちょうど暇《ひま》してたんだよね！』と嬉々《きき》として言っていた。

じっとりと責めるようなオスカーの視線に、ダンテはセシリアに聞こえないぐらいの小さな声を彼の耳元で発した。

「俺、セシルのこと大好きだけどさ。料理できるとは、これっぽっちも思わないんだよね」

彼は人差し指と親指を合わせるようにしながら『これっぽっちも』を表現する。

「ってことで、ばいばい！」

「あ、おい！」

摑まれていた腕を素早《すばや》く振《ふ》りほどいて、彼はあっという間に扉から外に出て行ってしまう。

その背を見送ったあと、次に行動を起こしたのは、リーンだった。オスカーたちよりも早く到着《とうちゃく》していた彼女は、自身の恋人《こいびと》であるヒューイのもとへ歩いて行き、彼の手を取る。そして、はにかむような可愛《かわい》らしい笑みを浮《う》かべた。

「ヒューイ様、迎えに来てくださったんですね！　嬉《うれ》しいですわ」

「迎え？」

疑問を浮かべるのは、当の彼である。

そんな恋人の存在を無視して、リーンはこちらに向き直る。

「私、ヒューイ様と今から少し出かける予定でしたの！　セシル様の手料理が食べられないのはすごく残念ですが。私たちの分まで、皆様《みなさま》楽しんでくださいね！」

「後からどんな味だったかを教えてくださいませ」という社交辞令を吐《は》きながら、彼女はヒューイと共に厨房《ちゅうぼう》を後にする。

残ったのは、義姉《あね》に甘いギルバートと、婚約者《こんやく》に甘いオスカー。何も知らない・察することが出来ないジェイドと、無邪気《むじゃき》な諸悪（？）の根源たるセシリアである。

「それで、なんで突然《とつぜん》プリンを作るって話になったんだ？」

オスカーがそう聞いたのは、セシリアの準備が一段落してからだった。砂糖やら牛乳やらを量った机の上は、もうすでに汚《きたな》い。セシリアはオスカーの問いに顔を上げた。

「えっとね。ちょっとこの前、マキアス家の双子《ふたご》に迷惑《めいわく》かけちゃって。そのお詫《わ》びに……」

「お詫び、か」

オスカーはそう頷《うなず》きながらも（マキアス家の双子をこの前も探していたし。きっと、それだけじゃないんだろうな）と推察した。しかし、その理由を聞き出すことは出来ない。それはきっと彼女が男装をしてここにいることと関係するだろうからだ。

そんなことを思っている間に準備を済ませたセシリアは、いざ！　とボウルの前に立つ。手には料理長からもらったという作り方のメモが握《にぎ》られていた。

「それでは、まず！　隠《かく》し味の鷹《たか》の爪《つめ》から入れたいと思います！」

「ちょっと待て!!」

　とんでもない発言に、オスカーは今日一番の大声を出した。

　セシリアはなぜ止められたかわからないというような顔でオスカーを見る。

　そのきょとんとした顔は可愛いが、心を鬼《おに》にして彼は口を開いた。

「なんで鷹の爪なんだ!?　プリンに一番必要のない材料だろう!?」

「オスカー、知らないの？　甘いものにちょっと辛《から》いものを足すと、甘みが際立《きわだ》つんだよ！」

　スイカに塩を振るみたいなテンションでセシリアは言う。そもそもアレは塩味《しおみ》だし、鷹の爪の辛味とは全くの別物だ。しかも、彼女の持っているそれは刻んでもいなければ輪切りにもなっていない。純然たる〝実〟である。

　どう言って止めるかオスカーが考えている間に、セシリアはためらうことなく持っていた鷹の爪を「えいっ」と全《すべ》てボウルに投入した。ぱっと見だけでも十本以上ある。この時点でもうプリンではない。創作料理である。

　あっけにとられるオスカーの目の前で、セシリアは次の作業に取りかかる。

「次は、卵を入れます。――せいっ!!」

　ぱーん、という音と共に、ボウルの縁《ふち》で生卵が真っ二つになる。力の加減を間違《まちが》えているとかそういうレベルではない。もちろん黄身は原形を留《とど》めていないし、粉々になった卵の殻《から》もボウルの中に入ってしまっている。あれは取り出すのも労力がいるだろう。

「あ、殻も入っちゃった。まぁ、いいか！　カルシウムだよね！」

「おま――」

「でも、ちゃんと粉々にしないと舌触《したざわ》りが悪くなるから……」

セシリアは最初に持っていたフライ返しで、残っていた卵の一番大きな殻を、ゴリッ、と潰《つぶ》した。まるでジャガイモをマッシュするように、彼女はフライ返しでゴリゴリと殻を押しつぶす。

「うん。順調！　順調！」

もしかしたら、彼女は『順調』の意味をはき違えているのかもしれない。

どこから訂正《ていせい》すればいいかわからなくなったオスカーは、もうその光景を唖然《あぜん》とした顔で見守ることしか出来ない。隣《となり》を見れば、ギルバートがげんなりとした顔でその様子を眺《なが》めていた。

オスカーは彼の側《そば》に近づき、声を潜《ひそ》める。

「いつもああなのか!?」

「はい、そうですよ。あれでなかなかに料理好きだから困るんです。そのくせ、なんでも一人でやりたがるし……」

ふっと哀愁漂《あいしゅうただよ》う陰《かげ》りをみせながら、ギルバートは唇《くちびる》の端《はし》を引き上げた。彼が先ほどからずっと静かだったのは『もう、なにを言っても無駄《むだ》だ』と悟《さと》っていたからだったのだろう。

そんなことをしている間にセシリアは次の作業へと進んでいた。

彼女は両手で抱《かか》えるほど大きな瓶《びん》から、白い粉をボウルの中に入れようとしている。

「次は、砂糖だね！」

「ちょっと待て！ それは塩じゃないか!?」

「大丈夫《だいじょうぶ》！ さっきちゃんと確かめたから！ そんな初歩的なミスしないよ、っと――」

そう言いながら彼女は、スプーンの方ではなく、持っていた瓶の方をひっくり返した。その瞬間《しゅんかん》、とんでもない量の砂糖がボウルに投入される。

「あ……。間違えちゃった」

ボウルの中にはこんもりと砂糖が山を作っている。そして彼女はあろうことかそこにフライ返しを突《つ》き立て、混ぜはじめた。

「ま、甘い方が美味《おい》しいよね！」

じょり、じょり、と、プリンを作るときにはおおよそしないだろう音がボウルから聞こえる。

オスカーは頰《ほお》を引きつらせた。

「大丈夫です。ギリ致死《ちし》量じゃないと思います」

「死ななかったら大丈夫ってわけじゃないだろうが！」

「しょうがないじゃないですか。なに言っても聞かないんですから」

相変わらず悟りを開いているギルバートに何も言えないでいると、何かが腕《うで》にくっついてき

た。視線を下ろせば目に涙《なみだ》を溜《た》めたジェイドが縋《すが》ってきている。

「ちょっと怖《こわ》くなってきたかも。ねぇ、あれ食べるの⁉　ボクら、あれ食べなきゃならないの⁉」

「それは……」

「ボク！　止めてくる！」

　ようやく事態の大変さに気づいたジェイドが、セシリアに声をかけようとしたその時。彼女がこちらに向かって花のような笑顔《えがお》を見せた。

「みんな、俺のためにありがとうね！　俺、料理苦手だからさ。あんまり家族以外の人に食べてもらったことなくて……。だから、皆《みんな》が食べてくれるのすっごく嬉しいな！」

　その言葉と笑みに、さすがのジェイドも何も発せられなくなる。

（もう今更《いまさら》、嫌《いや》とは言えないな……）

　それから三人は、黙《だま》ってプリンのようなものが出来上がるのを待つしかなかった。


　一時間後、厨房には三体の死体が出来上がっていた。

　まるで、試合途中《とちゅう》で真っ白になってしまったボクサーのように、椅子《いす》に座り、俯《うつむ》くオスカー。

　座ることもままならないのか、立ったまま口元を押さえるギルバート。

　椅子を三つ並べた上に白目を剝《む》いたまま寝転《ねころ》がるジェイド。

　毒を盛った張本人だけはピンピンとした様子で、おろおろと三人の周りをうろついていた。

「ほ、本当にごめんね！　今日のは美味しく出来たと思ったんだけど!!」

泣きそうな声でそう言うセシリアに、オスカーは顔を上げる。

「あの調理過程でよく『美味しく出来た』なんて言えるな、お前……」

「今日のはまだマシな方ですよ。一応、全部食べられるもので構成されていましたからね……」

「口がヒリヒリ、じょりじょりする……」

そんな風に言いつつも、三人の器《うつわ》は綺麗《きれい》に空になっていた。残っているのはセシリアの器にあったプリン（のようなもの）だけだ。

ジェイドはよろよろと起き上がると、側《そば》に立っていたギルバートの制服を掴《つか》んだ。

「ギル、どうしよう」

「……どうかしたんですか？」

「吐《は》く……」

「は!?」

「ごめん、一人で歩けない。トイレにつれて――うっ」

胃が拒否《きょひ》反応を示しているのか、ジェイドの身体《からだ》が波打ち、首が竦《すく》んだ。これは、もうすぐそこまで迫《せま》ってきている反応である。

「わかりましたから！　今ここで吐かないでくださいよ！」

ギルバートはジェイドの肩《かた》に手を回し、彼の身体を支えた。そして、厨房《ちゅうぼう》から出て行こうとする。しかし出て行く直前、彼は振《ふ》り返り、オスカーに鋭《するど》い視線を送った。

「すぐに帰ってきますからね！」

変なことはするな、ということだろう。釘《くぎ》を刺《さ》して来たのだ。

セシルの正体に気がついてから、彼は前にも増してオスカーをセシリアに近づけたがらない。元々ギルバートのことは『義姉《あね》思いのいい奴《やつ》』だと思っていたのだが、ここまで過保護だと妙《みょう》な勘《かん》ぐりも頭の中をよぎってしまう。

ギルバートは言うだけ言った後、ジェイドを支えたまま部屋を後にする。セシリアはその背中が見えなくなるまで「ジェイド！　本当にごめんね！」と泣きそうな声を出していた。

二人がいなくなった厨房で、セシリアは落ち込んでいた。プリンが失敗したこともそうだろうが、ジェイドの状態がかなり応《こた》えているのだろう。俯く彼女に、オスカーは声をかける。

「まぁ、そうしょぼくれるな。失敗は誰《だれ》にでもある」

「……うん」

あれを『失敗』で片付けて良いものなのかはわからないが、とりあえずそう言っておく。なおもしゅんと萎《しお》れる彼女に、オスカーは息を吐き、立ち上がった。そして、袖《そで》のボタンを外し、腕まくりをする。

「とりあえず、片付けるぞ！」

瞳《ひとみ》を潤《うる》ませた彼女が「え？」とオスカーを見上げる。

「なにかしていたほうが、気が紛《まぎ》れるだろ？」

そう言いながらボウルを手に取ったオスカーを、セシリアは慌《あわ》てて止めた。

「オスカーはいいよ！　俺が片付けるから！」

「お前だけにやらしたら、また何かやらかしかねないからな」

「そ、それは……」

怯《ひる》んだような表情になるセシリアに、彼はふっと笑みを零《こぼ》す。

「冗談《じょうだん》だ。俺も手持ち無沙汰《ぶさた》だったからな。手伝わせろ」

「あ、……うん。ありがとう」

そうして、二人は並んで、使い終わった食器や調理器具を洗いはじめる。砂糖の焦《こ》げ付きが残る鍋《なべ》を洗いながら、彼女は唇をとがらせた。

「あーぁ、なんで失敗しちゃったんだろう」

「それがわからないうちは再挑戦《さいちょうせん》するなよ。食材がもったいないからな」

「それはそうだけどさー」

「どうしてもプリンを渡《わた》したいって話なら、買ってきたものか、誰かと一緒《いっしょ》に作ったものにしろ。じゃないと、今度は腹痛の詫《わ》びにいかないといけなくなるぞ」

「それは、そうだね」

オスカーのもっともな指摘《してき》に、セシリアは苦笑いを浮《う》かべながら深く頷《うなず》いた。

「そういえば、オスカーもプリン全部食べてくれたよね？　お腹《なか》大丈夫？」

「あぁ。今日の晩あたりに苦しむことになるかもしれないが、今は大丈夫だ」

「残してくれてもよかったのに……」

「まぁ、お前が作ったものだしな」

オスカーはボウルとフライ返しの水を切り、布の上に置く。すると、セシリアがこちらを見上げていることに気がついた。応えるように視線を返せば、彼女は腑抜《ふぬ》けた笑みをみせる。

「オスカーって、友達思いだね」

続けて「ありがと」と言いながら彼女はまた手を動かしはじめる。

先ほどよりも幾分《いくぶん》か気分が上がっただろう彼女のつむじを見ながら、オスカーは口を開いた。

「ただの友人のなら、残してたぞ」

その瞬間《しゅんかん》、セシリアの顔がゆっくりと持ち上がり、再び視線が絡《から》み合う。

「お前のだから、食べたんだ」

そう発した三秒後、彼女の顔は、ボンッ、と赤く染まった。珍《めずら》しく、言葉の意味にちゃんと気がつけたのだろう。セシリアは視線をオスカーから外し「そ、そっか！」と声を上擦《うわず》らせた。

そのまま数分間は会話がなかった。

二人の間には食器同士がこすれるような音しかなくて、それがなんとなく居心地《いごこち》を悪くさせる。先に口を開いたのは、未《いま》だに顔を赤く染めたセシリアの方だった。

「……オスカーって、俺のこと好きなんだよね？」

「あぁ」

「それは、こう、恋愛的《れんあい》な意味での？」

「そうだな」

決死の覚悟《かくご》、という感じで発したセシリアの言葉を、オスカーは簡潔に肯定《こうてい》する。もう少し何か言ってやればよかったのかもしれないが、そう答える以外、何も思いつかなかった。

オスカーは隣《となり》をチラリと見る。反応としては嫌《いや》がられているというわけではなさそうだった。

ただ、戸惑《とまど》ってはいるのだろう。大きな瞳がゆらゆらと揺《ゆ》れ動いている。

「あのさ、オスカー」

「ん？」

「俺、男なん――ぶっ!!」

セシリアがこちらを向いた瞬間、おろそかになった手元が粗相《そそう》をした。彼女の手の甲《こう》が、水の出ている蛇口《じゃぐち》に当たったのだ。結構な勢いで垂れ流されていた水は勢いよく彼女の顔面に直《ちょく》撃《げき》し、そしてそのままの勢いで、オスカーにも降りかかってきた。

「…………セシル」

「ごめん……」

気がついたときには二人とも濡《ぬ》れ鼠《ねずみ》になっていた。セシリアは顔から下、全部。オスカーは左半分が頭からびっちょりと濡れそぼっている。

「本当にお前は、なにやってる、んだ……ぁ？」

セシリアに目を向けたその時だった。思わず視線が顔から胸元《むなもと》に滑《すべ》った。

そこには濡れたシャツから透《す》ける、赤いバラのような形の痣《あざ》。

（アレが……）

神子《みこ》候補に現れると言われている、痣なのだろうか。

珍しいものを見るような目でそれをまじまじと眺《なが》めていると、視線がさらにもう一段階下に下がった。そこには布で巻かれているがゆえに、くっきりと主張する胸の谷間。そして、布の上には収まりきらなかったであろう胸の——

「オスカー、大丈夫《だいじょうぶ》？」

「だ、大丈夫だ！　大丈夫だから！　いま、こっちに来るな！」

近づいてきたセシリアから距離《きょり》を取る。よく見れば、腹部の方もシャツが張り付いていて、彼女の白い肌《はだ》が惜《お》しげもなく晒《さら》されていた。そして、それを本人は気がついていない。

（こ、これは言った方が……。いやでも！　コイツは俺に男装を隠《かく》しているわけだし……）

言ったが最後、セシリアは自分の男装がオスカーにバレてしまったと気がついてしまうだろう。そうなれば、彼女は国外に逃亡《とうぼう》してしまい、二度と会えなくなるかもしれない。

それはいやだ。というか、無理である。

「オスカー？」

（どう、すれば……）

あまりにも目に毒な姿に、オスカーも顔を背《そむ》けたまま彼女を見ることが出来ない。試食をする際にエプロンを外してしまっていたのも仇《あだ》になっていた。

その時だ、急に厨房の外が騒《さわ》がしくなる。複数人の男子生徒の声がこちらに向かって近づいているのだ。

（まずい、このままじゃ！）

基本的に生徒たちは厨房《ちゅうぼう》を使わない。それは彼らが貴族で、お世話をされる側の人間だからだ。しかし、ジェイドのような平民から成り上がった生徒たちは、自ら厨房に赴《おもむ》き、簡単な調理をしたりお茶を淹《い》れたりすることがある。

もし、彼らが今ここに来たら。

セシリアの痣はバッチリと見られてしまい、彼女が彼であることが白日の下《もと》に晒されてしまうだろう。

（というか！　セシリアのこんな姿を、他《ほか》の奴《やつ》らに見せられるかっ！）

オスカーは自身の上着を引き寄せると、セシリアに着せた。そして、前を合わせるようにして彼女の胸元を隠す。しかし、それに抵抗《ていこう》したのは、自分がどんな姿になっているか気がついていない彼女自身である。

「ダメだよ、オスカー！　これじゃ、オスカーの上着が濡れちゃう！」

「気にせず着てろ！」

「ダメだって！　それはさすがに悪いから――！」

近づく足音。上着を脱《ぬ》ごうとするセシリア。通常通りに動かない自身の頭。

そんな三つが重なり、オスカーはいつもの自分ならばしないだろう大胆《だいたん》な行動に出た。

「いいから、隠してろ!!」

そう言うやいなや、彼は自分の上着の上からセシリアを抱《だ》きしめる。抵抗できないように腕《うで》でしっかりと押さえ込み、ぎゅっと自分の身体《からだ》と彼女の身体をくっつけた。

（これなら――）

「オ、オ、オ、オスカー⁉」

「いいから、じっとしてろ！」

直後、扉《とびら》が開いて誰《だれ》かが厨房に入ってくる。しかしその姿を見た瞬間、オスカーは一瞬にして冷静さを取り戻《もど》した。

「あ……」

「は？」

そこにいたのはギルバートだった。隣にジェイドはいないので、おそらく保健室まで連れて行ったのだろう。彼の背後を数人の男子生徒が談笑《だんしょう》しながら過ぎ去っていく。

「……何してるんですか、殿下《でんか》？」

扉をぴしゃりと閉めた後、彼は地の底を這《は》うような低い声を出した。そして、未だかつてない侮蔑《ぶべつ》の籠《こ》もった視線をオスカーに向ける。これにはさすがのオスカーも頬《ほお》を引きつらせた。

「ギルバート、これには深いわけが……」

「言い訳は、セシルを離《はな》してからゆっくりと聞きましょうか」

そう言って笑う彼は、まるで悪魔《あくま》のようだった。

◆

この国の王太子を毒殺しかけた翌日。

セシリアは中庭のベンチで青空を見上げながら、深く長息した。

「これからどうしようかなぁ……」

プリンも上手に作れなかった上に、友人たちにも迷惑《めいわく》をかけ、肝心《かんじん》な今後の見通しも立っていない。双子《ふたご》とは未だまともに出会えておらず、好感度は地を這っているのが現状だ。

「しかも、オスカーを濡らしちゃったし！　ギルには怒《おこ》られるし！　もう散々！」

手足を伸《の》ばして、ぐぐーと背伸《せの》びをする。

オスカーについてもいろいろあったが、今は頭がパンクしてしまいそうなので考えないこととする。それにこれは、セシリアが一人で考えていても答えが出る問いではないのだ。単純に好き嫌《きら》いの話ではないし、お互《たが》いに立場とか状況《じょうきょう》というものもある。

そうしていると、不意に足下に何かモフモフとしたものがすり寄ってきた。視線を落とすと、そこにはいつか見た猫《ねこ》の姿がある。

「あ、ココ」

「ココ！」

セシリアが猫を呼ぶのと同時に、背後からもココを呼ぶ声がした。振《ふ》り返るとそこには——

「ツヴァイ？」

「あ、この間の……」

双子の片割れがいた。左側に編み込みがあるので弟《ツヴァイ》のほうで間違《まちが》いないだろう。彼はセシリアと目が合うと、兄とそっくりな顔を申し訳なさそうに歪《ゆが》ませ、急に頭を下げてきた。

「この前はすみません！　助けてもらったのに、アインがあんなことして！　……け、怪我《けが》とかしませんでしたか？」

泣き出しそうな顔でそう言われ、セシリアは蹴《け》られた方の肩《かた》をぐるりと回した。

「大丈夫！　全然、平気！　怪我はしなかったよ」

「……そうですか。よかった」

安心したような顔でほっと胸をなで下ろすツヴァイ。本当は表情が固まってしまうぐらいには痛みが走ったが、そこは笑《え》みを貼《は》り付けてなんとか乗り切った。

セシリアは横に寄るような形で、ツヴァイにベンチの隣を勧《すす》める。最初は戸惑うようにしていたツヴァイだが、思ったよりも素直《すなお》に、彼はセシリアの隣に腰掛《こしか》けてくれた。足下に居たココも、ツヴァイが座ると同時に、彼の膝《ひざ》に乗っかってくる。

膝の上で気持ちよさそうに昼寝《ひるね》をはじめたココを撫《な》でながら、ツヴァイはもう一度セシリアに頭を下げた。

「本当にすみません。アインにも謝りに行くよう勧めたんですが、何度言っても聞いてくれなくて。アインってば、少し頭が固いところがあるから……」

あれからツヴァイは、アインの誤解を解こうとしてくれたらしい。しかしアインの態度は頑《かたく》なで、それどころか『アイツに何か脅《おど》されてるのか？』と疑ってもきたらしい。

「あれは誤解してもしょうがないよ！　状況も状況だったし！　全然気にしていないよ！」

「ありがとうございます。……セシルさんが、優《やさ》しい人でよかったです」

視線を下げたまま、彼はふわりと微笑《ほほえ》んだ。その可愛《かわい》らしい顔は、女の子と見間違《みまちが》えるかのごとく整っている。さすが、攻略《こうりゃく》対象だ。

（……って、今気づいたけど！　これって、結構良い感じの状況なんじゃない⁉）

突然《とつぜん》のことに驚《おどろ》いて思い至るのが遅《おそ》くなったが、もしかしなくともこれは好感度アップの大チャンスではないだろうか。

ここで会話を弾《はず》ませて、ツヴァイの好感度をアップ！　そして、仲良くなったところでアインを紹介《しょうかい》してもらい、アインの好感度もアップ！　もう、このルートしかないだろう！

（でも、会話のネタがなぁ。ココのこととか話してみようかな。いや、でも……）

今はそれ以上に、彼から聞きたいことがあった。

セシリアは身体ごとツヴァイに向き直り、口を開く。

「そういえばさ、あんなこと結構あるの？」

「あんなこと？」

「なんか、イジメ、みたいな？」

セシリアはツヴァイと出会った時のことを思い出す。あれは、イジメる方もイジメられる方も、初めて、という感じがしなかった。変に慣れているというか。日常的にではないにしろ、常習的、という感じがしたのだ。

ツヴァイはセシリアの言葉に目を見開いた後、深く頷《うなず》いた。

「はい。毎日ってわけじゃないですけど……」

「なんで？」

「それは、……僕らが双子だから」

声が小さくなり、視線が下がる。そんなツヴァイの様子にセシリアはますます首をひねった。

「どういうこと？　なんで、双子だとイジメられるの？」

「……知らないんですか？」

　セシリアは困惑《こんわく》した顔で「なにを？」と問う。するとツヴァイは少し迷うようにした後、耳に届くギリギリの声でその質問に答えた。

「昔から双子は『悪魔の子』と言われ、忌《い》み嫌われてるんです」

「悪魔の子？」

「はい。女神《めがみ》に倒《たお》されたとされる悪魔が、実は双子の悪魔だったという俗説《ぞくせつ》があって。特に神殿がある北方の人は信仰心《しんこう》が篤《あつ》くて、そういうのを信じている人も多いんです」

　つまり、あのイジメっ子三人組は北方の領地出身で、双子であるアインとツヴァイを『悪魔の子』としてイジメていたということだろうか。

「なにそれ！　双子ってだけで、そんなこと言われるの⁉」

「そんなに珍《めずら》しくないと思いますよ。うちの領地でも僕らが生まれたときは結構揉《も》めたみたいですし。どちらか一方を殺せって、両親は領民から迫《せま》られたみたいです」

　ツヴァイの言葉に、セシリアは言葉をなくす。信仰心が篤いのは結構なことだが、生まれてきたばかりの子どもを殺すだなんて判断が、神の意思に背《そむ》いているとはどうして思わないのだろうか。

「アインは強くて、イジメてくる奴《やつ》らにもいろいろ言えるけど、僕はこんな感じだから何も言えなくて。いつもアインがああやって助けに来てくれるんです」

ああやって、というのは、前回のセシリアとの一件を指しているのだろう。確かに彼も助け慣れていた。

セシリアはなにを思いついたのか勢いよく立ち上がり、ツヴァイを振り返る。

「言いに行こう！」

「え？」

「あのイジメっ子たちに抗議《こうぎ》しに行こう！　双子ってだけであんな事されるのはおかしいよ！」

猪突猛進《ちょとつもうしん》。今にも走り出してしまいそうな彼女に、ツヴァイは慌《あわ》てたように立ち上がった。

「ちょ、ちょっとまって！」

「大丈夫《だいじょうぶ》、顔は覚えてるから！　いざとなったら、拳《こぶし》で語り合うし！」

脳筋令嬢《れいじょう》、セシリア・シルビィ。『拳で黙《だま》らせる』のではなく『拳で語り合う』というところが彼女らしい。雄々《おお》しいその様子にツヴァイはさらに慌て出す。

「だ、大丈夫です！」

「怖《こわ》かったら隠《かく》れていていいからね！」

「だから、大丈夫です！」

「遠慮《えんりょ》しなくて大丈夫だよ！」

「だ、だから、大丈夫になったんです!!」

「え？」

必死に腕《うで》に縋《すが》ってくるその姿に、セシリアは彼が遠慮しているわけではないことを知る。いつの間にか持ち上がっていた拳を下ろすと、彼は安心したように再びベンチに腰掛けた。そして、深く息を吐《は》く。

「実は最近、ああいうことされてないんです」

「え？　そうなの？」

「はい。なぜか、シルビィ公爵《こうしゃく》家から向こうの両親に、抗議の手紙が行ったみたいで」

「へ。シルビィ家から？」

思わぬところで自身の実家の名が出てきて、セシリアは目を丸くした。

「はい。なんか『マキアス家の双子《ふたご》は息子《むすこ》の友人だから、ちょっかいを出すのはやめろ』……みたいな？　そんな感じの手紙だったみたいです。……公爵家の人と友人になったことなんてないんですけどね」

そう言いながらツヴァイは苦笑《くしょう》を浮《う》かべた。その顔にはどこか安堵《あんど》が見え隠れしている。

（もしかして、ギルが？）

セシリアの話を聞いて、ギルバートが両親に頼《たの》み、手紙を出してもらったという事は十分に考えられる。確かにあの時の彼は相当おかんむりだったし、このぐらいのことは苦もなくやってのけそうだ。

「でも、ま。相変わらず、無視はされてますけどね。他《ほか》の子にもあいつらが釘《くぎ》を刺《さ》してるみたいで、誰《だれ》も話しかけてこないですし。友人もコイツだけです」

ツヴァイはココを撫でる。彼が家から連れてきたのか、この学院で見つけたのかはわからないが、ココはよくツヴァイに懐《なつ》いていた。

セシリアはツヴァイの前に立つ。

「それならさ、俺と友達にならない？」

ツヴァイのエメラルドの瞳《ひとみ》が大きく見開かれる。

「ダメかな？　俺、ツヴァイと友達になりたかったんだ！　あ、もちろん。アインともだけど！」

「アインとも？」

しっかりとセシリアが頷くと、ツヴァイは視線を彷徨《さまよ》わせる。迷っているのだろう。もしくは、警戒《けいかい》されているか。

セシリアはツヴァイの前に座り込む。そうして、少し低いところから、彼を見上げた。

「えっと、俺と友達になってください」

「………………うん」

迷った末、ツヴァイはセシリアの差し出してきた手を握《にぎ》り返す。その瞬間《しゅんかん》、セシリアの顔がぱあぁ、と明るくなった。

「よかった！　断られたらどうしようかと思ったよ！　これからよろしくね、ツヴァイ！」

「うん。よろしくお願いします」

ぶんぶんと振《ふ》り回される腕に戸惑《とまど》いながら、ツヴァイはそう返す。

「あ、もう敬語とかいいからね！　もっと気さくに話しかけてくれると嬉《うれ》しいな！」

「……わかった」

ツヴァイがそう頷くと同時に、学院に設置してある大きな鐘《かね》が時刻を告げる。セシリアはその鐘の音に顔を上げて、はっと息をのんだ。

「あ、やば！　この後、リーンに呼び出されてたんだった！　……またね、ツヴァイ！　今度一緒《いっしょ》にお昼ご飯でも食べようね！」

「あ、うん。じゃぁ、またね」

呆《あき》れたように笑《え》む彼の声を背中で聞きながら、セシリアはリーンが待っているだろう教室の方向に一歩踏《ふ》み出すのだった。

◆

「はぁ……」

去って行くセシルを見つめながら、ツヴァイは息を吐く。瞬《まばた》き一つで鋭《するど》い眼光に変わった彼は、左側の編み込みを手櫛《てぐし》で崩《くず》した。前髪《まえがみ》の分け目も手で右に直す。

そして、先ほどの彼ではあり得ないほどの不遜《ふそん》な態度で、ベンチに背を預け、足を組んだ。

同時にココが彼の膝《ひざ》から飛び降りる。

「ふーん。世間知らずのお坊《ぼっ》ちゃまって感じか」

ツヴァイ……を装《よそお》っていたアインは、セシルの去って行った方向をニヤニヤしながら見つめるのであった。

『お茶会のときの借りを返してもらおうと思ってるから、放課後、いつもの空き教室に来てね！』

リーンにそう言われたのが、今朝のことである。

呼び出された空き教室で、セシリアは一冊の冊子と向き合っていた。白い紙の真ん中には『灰の夜と明の朝　新訳　プロスペレ王国神話』とだけ書いてある。

「えっと、リーン。これは何？」

「台本だけど？」

「だい、ほん？」

パラパラ捲《めく》ってみると、どのページにも登場人物と台詞《せりふ》が緻密《ちみつ》に書き込まれていた。

リーンは呆《ほう》けるセシリアの前に、どん、と手をつき、唇《くちびる》の端《はし》を引き上げる。

「セシリアには、舞台《ぶたい》に出てもらおうと思って」

「え？　ぶたい？」

「そう。ぶ・た・い♡」

語尾《ごび》にハートマークをつけながらとんでもないことを言ってきた彼女に、セシリアは「えぇええぇぇ!?」とひっくり返った声を上げた。

「ぶ、舞台ってどういうこと!?　ま、まさか、あの劇物《BL本》の内容を舞台にするの!?」

「違《ちが》うわよ！　そういう構想が私の中で有るか無いかと言われれば、そりゃ有るけれど、今回は違う！　タイトルをちゃんと見てみなさい」

セシリアはもう一度台本に視線を落とす。

「『プロスペレ王国神話』ってあるでしょ？　今回は健全も健全！　大健全な神話の舞台よ！」

ますます意味がわからないという顔でセシリアはリーンを見る。

神話というのは降神祭の元となっている、あの女神《めがみ》と悪魔《あくま》の出てくる神話のことだろうか。だとしたら、どうして彼女がそんなことをする必要があるのだろう。しかもよく見てみれば、脚本《きゃくほん》著者のところに『ニール』とある。これは彼女がBL本を書くときの筆名だ。

「実はね。本の売り上げが入ったから、そのお金を使って、救済院で舞台をしようと思って！」

リーンは楽しそうな顔で手を叩《たた》く。

「もう少ししたら降神祭の時期でしょ？　そうしたら、神話を題材とした舞台が至るところで始まるじゃない？　あれを、妹たちにも見せてあげたいのよ！」

妹たち、ということは、会場は彼女の出身であるシゴーニュ救済院ということだろう。確かに、資金が潤沢《じゅんたく》にあるわけではない救済院で、子どもたちが全員、舞台を見に行くことは難しい。たとえ余裕《よゆう》があったとしても、シスターたちが多くの子どもたちを引率《いんそつ》して、紳士淑女《しんししゅくじょ》の集まる歌劇場まで行くのは現実的ではないだろう。

「近所の人たちも集めて、盛大《せいだい》にぱぁっとね！　あそこ、土地だけは広いから、結構な人数が集まると思うのよ！　舞台の設営はまだ考え中だけど、野外に木組みで簡易的なステージを作るつもり！　見積もり次第《しだい》だから、まだなんとも言えないけどね！」

もう見積もりまで取っているのか……とセシリアは息をつく。

本当に『こう』と決めたらどこまでも突《つ》き進む親友である。

「で、肝心《かんじん》の役者なんだけど。ジェイドに相談したら『それなら格安で雇《やと》える劇団の人紹介《しょうかい》してあげる』って言ってくれて！　だけど、その格安の理由が問題で……」

「問題？」

「実は、主役を務めていた人が、急に辞《や》めちゃったらしいのよ！　その人に看板役者を任せていたものだから、劇団は仕事が激減。次の看板役者が見つかるまで格安で仕事を受けてくれるみたいなの。……って事で、主役よろしくね？」

「はぁ!?　主役!?」

本当に目玉が飛び出るかと思ったセシリアである。

「いや、救済院で舞台したいってのはわかったし！　なんか、いい話だから協力したいのはやまやまだけど！　それにしても主役って⁉」

「仕方がないじゃない。その劇団に残ってる人、皆華《みんなはな》やかさに欠けちゃう人ばかりなんだから」

「いや、でも……」

「その点、セシリアなら申し分ないわ。演技力に関しては、私にはわかんないけど。いつもの『王子様』を見てる限り大丈夫《だいじょうぶ》そうだし！」

変なところで太鼓判《たいこばん》を押されてしまったものである。

セシリアは額を押さえた。リーンの話を聞く限り、完全なる慈善《じぜん》事業だ。自分が暮らしていた救済院に恩を返したいとか、そういう話だろう。それならばセシリアだって協力することはやぶさかではない。むしろ、喜んで力を貸す。

ただ、彼女が本当にそれだけのために舞台を作るだろうか。恩を返したいだけならば、ここまで大がかりでお金がかかりそうなことをする必要はない。それに彼女の性格ならば、そんな回りくどいことなどせずにお金をどんどん寄付しそうなものである。

もしかしたら、何か別の目的が……

「言っておくけれど、アンタに拒否権《きょひ》はないわよ？」

「え？」

信じられない面持《おもも》ちでセシリアはリーンを見上げる。

彼女は良い笑顔でセシリアの鼻先を、つん、と触《さわ》った。

「最初に言ったでしょ。『貸した借りを返して欲しい』って。トモダチとの約束はちゃんと守りましょうね？」

この瞬間《しゅんかん》、セシリアはリーンが別の目的を持っている事を確信した。しかし、悲しきかな、今の彼女には断る術《すべ》がない。

セシリアは痛い頭をゆっくりと下げた。

「……はい」

「快く引き受けてもらえてよかったわ。それじゃさっそく、衣装《いしょう》合わせといきましょう！」

リーンは有無《うむ》を言わせない様子でセシリアの腕《うで》を引き、鏡の前に立たせる。そして、自作であろう衣装をセシリアの前に持ってきた。

「これ、自信作なのよね」

「ちょっと待って、衣装ってこれ？」

「えぇ！　あの神話の主人公といったらこれでしょう！」

鏡に映ったセシリアの前にあるのは、女性ものの真っ白いドレス。清楚《せいそ》な雰囲気《ふんいき》を纏《まと》うそれは、どこか神々《こうごう》しさも感じられる仕上がりになっていた。

「セシリアの女神役。すごく楽しみにしてるわね！」

「えぇぇぇぇ!?」

驚《おどろ》きのあまり、セシリアは教室の外に届くほどの大声を出した。

空き教室から帰る頃《ころ》には、もう日が落ちかけていた。寮《りょう》に向かう道には、セシリアの長い影《かげ》がこれでもかと伸《の》びている。

「リーンってば本当にもう、めちゃくちゃなんだから……」

先ほどのことを思い出し、セシリアはがっくりと肩《かた》を落とした。耳の奥に蘇《よみがえ》るのは『女の格好なんて出来ない！』と泣きついたセシリアに対するリーンの言葉である。

『大丈夫よ。設定としては、セシルが女装して女神役をやってるってことにする予定だし！　それに、会場は救済院よ？　わざわざ呼ばない限り、セシリアのことを知ってる人が来るとは思えないわ。それでも心配って言うなら、別にカツラも用意するし！　問題ないわよ』

問題大ありである。

それでも、なんとかなってしまいそうな雰囲気を醸《かも》し出してくるあたりが彼女らしい。

セシリアは自身のつま先に視線を落とした後、足を止めた。

「ま、なんとかなるかぁ……」

別の思惑《おもわく》があるにせよ、彼女が救済院に恩返ししたいという気持ちも嘘《うそ》ではないだろう。それならば、協力しないわけにもいかない。それに、彼女への『借り』もちゃんと返すべきだ。

セシリアは深呼吸した後、また歩き出そうと一歩足を踏《ふ》み出した。その時――

「へ？」

ひゅん、と何かが鼻先を掠《かす》めた。続いて足下《あしもと》で何か重い、食器のようなものが割れる音がする。耳を劈《つんざ》くその音に、セシリアは視線を落とす。そこには、割れた鉢植《はちう》えがあった。

セシリアが慌《あわ》てて上を見ると、暗い校舎の窓からこちらを見下ろす影がある。彼、もしくは彼女は、セシリアと目が合うと、慌ててその場から逃《に》げていってしまうのだった。

何者かに鉢植えを落とされた翌日の昼休み、セシリアの姿は保健室にあった。治してもらいたい怪我《けが》があるわけではない彼女が、そこにいる理由。それは――

「モードレッド先生、昨晩の記憶《きおく》は全部ありますか？」

「は？」

鉢植えを落とした人物がキラーなのではないかと、勘《かん》ぐったからだった。

意味がわからないというような声を出すモードレッドに、セシリアは丸椅子《いす》に座ったまま身を乗り出す。

「もし記憶がないって話なら教えてください！　俺、絶対に怒《おこ》りませんし！　モードレッド先生にも協力したいと思ってるんで！」

「何の話か、よくわからないんですが……」

自身がキラーだったという事実を知らないモードレッドは、はぁ、と息を吐《は》き出す。眼鏡を外して眉間《みけん》を揉《も》むのは、困り事が起こったときの彼の癖《くせ》だった。

「いきなり来て何を言い出すのかと思えば。本当に君は、いつもよくわからない……」

「それは……」

「大体、『私の記憶がなくなっていても怒らない』って、どういうことですか？　それじゃまるで、私が記憶を無くしているときに、君に迷惑《めいわく》をかけているみたいじゃないですか」

（その通りです。先生！）

と言ってしまうわけにもいかない。

モードレッドはかけ直した眼鏡を、中指の腹で上げる。レンズの奥にあるその瞳《ひとみ》は、彼女の行動をいぶかしむように細められていた。

そんな彼の視線に負けじと、セシリアは食《く》らいつく。

「と、とりあえず、昨日の晩はどこにおられましたか？」

「昨日の晩ですか？　エミリーとグレースと私の三人で、食事をしていましたが……」

「ちなみに、いつからいつまで？」

「……六時前に集まって、八時ぐらいまでですかね」

（時間帯的にちょうど被《かぶ》ってる感じか……）

手元に時計があったわけではないので詳細《しょうさい》な時間まではわからないが、リーンと別れたのが六時過ぎだったので、少なくとも鉢植えが落ちてきたのはそれ以降だろう。

（じゃぁ、鉢植えを落としてきたのはキラーじゃないのかな……）

一瞬そう思ったが、今この段階で神子《みこ》候補に危害を加えてくるだろう人間は、キラーぐらいしか思いつかない。もちろんこの推測は、『モードレッドの中からキラーが消えていないのならば……』という考えに基《もと》づくものだが……

「じゃぁ、食事の途中《とちゅう》で気がついたらすごい時間が経《た》っていたり、別の場所にいたりとか、そういうことはなかったですか？」

「ないですね」

「本当です？」

「……本当ですよ」

その声は、目の前にいるモードレッドが発したものではなかった。落ち着いていながらも、彼の声よりも何トーンも高い女性の声だ。

セシリアは声のした方向に顔を向ける。するとそこには、片眉《かたまゆ》を上げるグレースがいた。開けたばかりであろう扉《とびら》を後ろ手で閉めながら、手にはなぜか男性もののコートを持っている。

「あ、グレース！」

「こんなところで何をしているんですか、セシルさん」

呆《あき》れ顔でこちらへ近づいてくるグレースを、セシリアは立ち上がり、迎《むか》え入れた。

「グレースこそ、何しにここへ？」

「私はこれを返しに来たんです」

そう言って彼女は、手に持っていた男性もののコートを掲《かか》げた。そして、「ありがとうございました」と言いながら、モードレッドにそれを手渡《てわた》す。

「昨晩、モードレッド先生に借りたんです。寒いだろうって」

「あ、そうなんだ！」

「だから言ったでしょう？　食事をしていたって……」

別にそこを疑っていたわけではないのだが、そこはモードレッドの話に合わせて「そうですね」と頷《うなず》いておく。

セシリアは顎《あご》に指先を当てながら、考えをめぐらせた。

（でも、そうなってくると、あれは本当にキラーじゃない？）

グレースの登場により、キラーのアリバイは完璧《かんぺき》になってしまった。モードレッドの中にキラーが残っていないということなら、それはそれで喜ばしい事なのだが。しかしそうすると、昨日の鉢植えは一体誰《だれ》が落としてきたのだろうか。それがわからない。

「もしかして、何か不測の事態でも起こりましたか？」

セシリアの考え込む顔を見て何かを察したのだろう、グレースはセシリアにしか聞こえない声でそう囁《ささや》いてきた。セシリアがそれに頷くと、グレースは少し考えた後、彼女の手を取る。

「それでは、ちょっとあちらでお話ししましょうか？　セシルさん」

「え？　あ。う、うん！」

「あ、ちょっと！　二人とも！」

何が何だかわからないというようなモードレッドの声を聞きながら、二人はそそくさと保健室を後にするのだった。


数分後、二人の姿は校舎の裏にあった。ジメジメとした雰囲気《ふんいき》の、生徒が誰も近寄らないだろうそこは、以前ツヴァイとココを三人組のイジメっ子から助けた場所である。

その壁《かべ》に背を預けながら、二人は話していた。

「……て、事があって。キラーがまた現れたんじゃないかと、先生のところに……」

「事情はわかりましたが。よくもまぁ、そんな危険なことをしましたね」

「危険なこと？」

きょとんとした顔で首をひねるセシリアに、グレースは目を眇《すが》める。

「もし本当に、モードレッド先生の中にキラーが残っていたとしたら……とか考えなかったんですか？」

「あ……」

「しかも、わざわざ二人っきりで。そんなのもう、殺されに行くようなものじゃないですか。自殺ですよ、自殺」

「確かに……」

キラーは消えた。その前提で先ほどの動きをするのなら問題はないのだが『まだ、キラーが残っているかもしれない』という前提なら、話は百八十度変わってくる。

話をした時点で、豹変《ひょうへん》して殺される。

キラーというのは、そういうことが十分あり得てしまうキャラクターなのだ。

「まぁ、結果として。先生の中にもうキラーの影《かげ》はなさそうなので問題はありませんでしたが。それにしてもこんな作戦、よくギルバートさんが許可出しましたね」

「え？　ギル？」

「彼なら話を聞いた時点で、こんな作戦やめさせると思っていたのですが……」

見当違《けんとうちが》いでしたかね、とグレースは続けて口にする。どうやらグレースの中でギルバートはセシリアのお目付役という位置づけになっているらしい。

セシリアは困った顔で頰《ほお》を掻《か》いた。

「いやぁ。実は、ギルにはまだ言ってなくて」

「え？」

「ほら、よくわからない状態で無駄《むだ》に心配かけちゃダメかなぁって。だから、自分で一通り調べてから、後で一緒《いっしょ》に考えてもらおうと思ってさ」

その瞬間《しゅんかん》、グレースの目が据《す》わる。呆れるを通り越《こ》して、腹を立てているのに近い表情だ。

「そういうところが、余計に心配かけるんですよ？」

「でも、最近ギルも忙《いそが》しいからさぁ……」

シルビィ家の嫡男《ちゃくなん》であるギルバートは元々忙しい。なのに、コールソン家に帰る話も持ち上がっている状態で、こんな不出来な義姉《あね》の面倒《めんどう》なんて見ていられないだろう。彼は今、将来を考える大事な時期にさしかかっているのだ。できるだけ手を煩《わずら》わせたくない。

「それなら、オスカーさんにでもついてきてもらえばよかったでしょう？　彼、貴女《あなた》からの頼《たの》みなら、喜んで力を貸してくれそうですし」

「それはそれで、オスカーも忙しそうだし。なにより、なにも教えてないのに必要なときだけ頼《たよ》るってのが、申し訳ないなぁって」

「……貴女は本当に、自分の命を守る気があるんですか？」

そう頬を引きつらせるグレースに、セシリアは、へへへ、と苦笑いで頬を掻く。そんな彼女を一瞥《いちべつ》して、グレースは「まぁいいです」と仕切り直した。

「とにかく！　その鉢植《はちう》えを落とした人間はキラーではありません。それは、私が保証します。そもそも、ただの事故じゃないんですか？　たまたま鉢植えを落としてしまって、気まずくなって逃《に》げたとか」

「それも考えたんだけどね……」

　鉢植えを落とした後の、セシリアを見つめる双眸《そうぼう》が頭をよぎる。

　あれにはどこか負の感情が含《ふく》まれている気がした。

（まぁ、全部私の勘《かん》なんだけどね）

　事故なら事故でそれにこしたことはない。とにかく、二度目がなければいいのだ。

　グレースは校舎の壁から背を離《はな》す。

「とりあえず。本当に犯人を捜《さが》しだそうとするなら、一人でなく複数の方が効率がいいと思います。頼めば協力してくれる人が沢山《たくさん》いるんですから、それを使わない手はないですよ？」

「うんわかった。とりあえず、ギルには相談してみるね」

「そうしてください」

　そう話が一段落したときだった。

　突然《とつぜん》、セシリアの頭に何かがふりかかってきた。同時に視界が滲《にじ》む。

　頭にかかったものが水だと気づいた瞬間、今度は頭の上に空になったバケツが落ちてくる。

「――っ！」

　金属を蹴《け》り飛ばしたような音と共に、セシリアはその場に蹲《うずくま》る。そして次に襲《おそ》ってきたのは、全身を包む熱だった。

「あっつ！　これ、水じゃなくてお湯⁉」

「大丈夫《だいじょうぶ》ですか⁉」

焦《あせ》ったような声を上げながら、グレースはセシリアに近づき、その場に膝《ひざ》をついた。膝を濡《ぬ》らす水の熱さに気がついたのだろう、彼女はセシリアの肌《はだ》を確かめる。

「火傷《やけど》は⁉」

「平気。そこまでの熱湯じゃなかったみたい……」

へへへ、と笑いながらセシリアは顔を上げる。しかし、直《じか》にお湯がかかっただろううなじの部分は、真っ赤になってしまっていた。

「大事にはならないとは思いますが、首の方は冷やしておいた方がいいかもしれないですね」

グレースはセシリアが蹲っている場所から視線を上に移す。そして、そこにあった窓に目を細め、低い声を出した。

「どうやら。セシリアさんは本当に、何者かに狙《ねら》われているみたいですね……」

✦第三章✦ 始まった嫌がらせ

机にはトカゲの干物。鞄《かばん》には牛乳ぞうきん。椅子《いす》の座面には油が塗《ぬ》りたくられている。

目的も理由もわからない嫌《いや》がらせを受け始めて早一週間。セシリアは妙《みょう》な境地に至っていた。

（オッケー！　今日も完全に嫌《きら》われてる感じね！）

机の上に置いてある『消えろ』と書かれた手紙を、手早く丸めてゴミ箱に捨てる。そして、椅子と机の中のチェックをして席に着いた。次にノートを開いて妙なものが挟《はさ》まっていないかチェック。寮《りょう》から持ってきたので当然だが、今はまだ何も挟まってはいなかった。

（前は硝子《ガラス》とか挟まってて、指切っちゃったからなぁ）

ノート類は目を離すと、すぐ悪戯《いたずら》されてしまうので、要注意だ。定期的なチェックは欠かせない。最後に彼女は自身の周りをぐるりと見回して、息をついた。

（よし！　今日もチェック終了《しゅうりょう》！）

要するに、セシリアは慣れたのである。

このイジメのような嫌がらせをされる日常に……

あれからセシリアは、窓が並んでいる校舎の壁際《かべぎわ》は歩かなくなったし、人通りが少ない道も避《さ》けるようになった。常に誰《だれ》かと一緒にいるように心がけ、何かあってもすぐ対処できるように着替《きが》えや代替品《だいたい》も準備万端《ばんたん》整えてある。

もちろん、犯人捜しも怠《おこた》っていない。

ノートに挟まれたものは、全《すべ》て証拠品《しょうこ》として保管しているし、何か起こるたびに目撃者《もくげき》も捜している。セシリアの事を恨《うら》んでいそうな人間にも当たりをつけているし、鞄を放置してしばらく様子をうかがったこともある。しかし、それでもなお犯人は見つかっていなかった。目撃者でさえも、一人も見つかっていない。

(人の鞄に何かしようとしてたら、もう少し目立ってもいいはずなのになぁ……)

毎朝そんな疑問が頭を掠《かす》めるが、それでも何も見つかってはいない。

手がかりはゼロだ。

ちなみに、あれからギルバートにはしこたま怒《おこ》られた。以前の、史上最大の姉弟喧嘩《きょうだいげんか》を彷彿《ほうふつ》とさせる彼の剣幕《けんまく》に、セシリアは若干《じゃっかん》泣きそうになったぐらいである。

まぁ、そんなこんなの一週間だったが、その間にいいこともあった。

「本日もよろしくお願いしますわ!」

「うん。頑張《がんば》るね」

「はいはい」

放課後。機嫌《きげん》のいいリーンの声に頷《うなず》いたのは、マキアス家の双子《ふたご》だった。

場所は、舞台《ぶたい》の会場であるシゴーニュ救済院前の空き地。彼女たちの後ろでは、よりよい舞台を作るため、依頼《いらい》を受けた大工たちが作業に取りかかっていた。横には台本合わせをするグレイク劇団の団員の姿もある。

実は数日前から、リーンが企画《きかく》した舞台の準備を双子が手伝ってくれていたのだ。

話を聞けば、マキアス家はシゴーニュ救済院の出資者の一つらしく、救済院で舞台をやるとの話を聞きつけた彼らの父親が、二人に「手伝ってやりなさい」と手紙を書いたらしい。

最初は双子も父親の手紙を無視していたらしいのだが、話を聞きつけたリーンが改めて協力を仰《あお》ぎ、二人もそれを了承したということだった。

グレイク劇団の団員に交じりながら、セシリアはリーンの言葉を思い出す。

『どうして二人に協力を仰いだのかって？　そりゃ、アンタの「双子と仲良くなりたい」って作戦に協力したいと思ったからよ！』

『もちろん、タダで使える雑用係を逃《のが》したくないって気持ちもあったし？　息子《むすこ》たちが協力しているだろう舞台なら、マキアス家当主が自ら宣伝してくれるだろうという計算も、あったといえばあったけれどね』

『それに、息子たちが協力している舞台を、生半可なものにするわけにはいかないでしょう？

そう考えたら、マキアス家からの協力金も仰げるかもしれないし！』

一石二鳥。いや、一石三鳥か。とにかく、どこまでも貪欲《どんよく》な彼女である。

本当にリーンのこういうところだけは、いろんな意味で見習いたいと思ってしまう。

台詞《せりふ》合わせも終わり、セシリアは未《いま》だ制作途中《とちゅう》の舞台の側《そば》で息をついた。衣装《いしょう》は着ていないものの、動きながらの台詞合わせだったので、それなりに体力は消耗《しょうもう》している。頬《ほお》を流れる汗《あせ》が唇《くちびる》の端《はし》から入り、ちょっとしょっぱかった。

（つっかれたなぁ……）

そう息をつくと、急に目の前が陰《かげ》る。顔を上げるとそこにはアインがいた。手には二つの木のカップが握《にぎ》られており、その一つを差し出しながら、彼は「ん」と顎《あご》をしゃくる。

「あ、うん。ありがと」

差し出されたカップを受け取る。どうやら彼らは今、飲み物を配っている最中らしい。手にあったもう一つのカップも、近くにいた休憩《きゅうけい》中の俳優さんに渡《わた》していた。

（アイン、案外ちゃんと手伝ってくれるんだな……）

セシリアは去って行く彼の背中を見ながら思う。てっきり嫌がると思っていたので、これは意外な発見だった。ツヴァイと比べて無愛想だが、嫌々手伝っているという風にも見えない。

あれからアインともちゃんと仲直りをした。完全に打ち解けているという感じではないが、肩《かた》を蹴ったことはきちんと謝ってもらったし、普通《ふつう》の会話ぐらいなら出来るようになっている。

これも全て、取り持ってくれたツヴァイのおかげだ。

「セシル、お疲《つか》れ様」

「あ、ツヴァイもお疲れ様！」

噂《うわさ》をすればなんとやら。背後から顔を覗《のぞ》かせるツヴァイに、セシリアはにこやかに応じた。

アインとはまだまだだが、ツヴァイとはそこそこ仲良くなってきたと感じる今日この頃《ごろ》だ。

ツヴァイは断ることなくセシリアの隣《となり》に座ると、可愛《かわい》らしい表情をふわりと崩《くず》した。

「さっきの台詞合わせ見たよ！　すごいよね。なんか本当に俳優さんって感じだった！」

「そうかな？」

「うん！　女の人の役なのに妙にハマってて、一瞬《いっしゅん》本当に女の子に見えちゃったよ！」

「あははは……」

そりゃ、ハマるに決まっている。

苦笑いするセシリアをどう取ったのか、ツヴァイは彼女に向かってぐっと身を乗り出した。

「本当だよ！　すごく、演技派だなって思っちゃった！」

「ありがとう」

「僕もあんな感じで出来るかなぁ。本当に不安なんだけど……」

「大丈夫《だいじょうぶ》だよ。ツヴァイなら問題なく出来るよ」

雑用係の他に《ほか》、ツヴァイにも端役《はやく》が用意されていた。おそらく、見に来るであろうマキアス家当主に配慮《はいりよ》した形なのだろう。とはいえ、見た目がいいので舞台に出ている時間は長いし、セシリアたちほどではないが台詞もそれなりにある役だ。緊張《きんちょう》するのも無理はない。

ちなみにアインは「死んでもやらない」と役の話を断っていた。

「そういえば。嫌がらせの犯人、見つかった？」

「それはまだ……」

首を振《ふ》るセシリアにツヴァイはうーんと眉《まゆ》を寄せる。

「セシルに嫌がらせするって、結構命知らずだよね。誰なんだろ……」

「命知らずって……」

「だってほら、セシルって悪者とかドーンって倒《たお》しちゃいそうじゃない？　ドーンって！」

ツヴァイは拳《こぶし》を突《つ》き出して『ドーン』を表現する。それはそれで可愛いのだが、彼はセシリアをゴリラか何かと勘違《かんちが》いしている気がする。

「ま、どうせお前のことだから、痴情《ちじょう》のもつれとかじゃないのか？」

二人は同時に前方を見る。そこには呆《あき》れ顔で仁王立《におうだ》ちをするアインの姿があった。

「女のケツばっかり追ってるから、そんなことになるんだよ！」

「女のケツって……」

「本当のことだろ？」

こちらはこちらで別の勘違いをしている気がする。

（私ってそんなに軟派《なんぱ》な男に見えるのかな……）

セシリアとしては『王子様』らしく振る舞《ま》っているつもりなので、地味にショックだ。

アインはげんなりとするセシリアから視線を外し、今度はツヴァイに目を向けた。同時に足《あし》下《もと》にある箱をコツンと蹴《け》った。

「そういえば、この箱ってどこにしまうんだ？」

「あ、それは、倉庫じゃなくてボビーさんに返すヤツだよ！」

「ボビーさんって誰だよ……」

「ほら、あのハチマキ巻いてる……」

ツヴァイは立ち上がり、アインの側に寄った。そして大工の集団を指さし、ボビーさんとやらを説明する。

（二人とも本当に仲いいよなぁ）

まさにニコイチといった感じだ。性格は結構違うのに妙《みょう》に息が合っていて、なにより互《たが》いをとても大事に想《おも》っている。『同じ』ではなく『足りないところを補い合っている』感じの双子だ。

「あぁ、もうわかんねぇから『共有』してくれ」

説明がうまくいかなかったのだろう、アインが焦《じ》れた様子でそう声を上げる。その声にツヴアイは「うん。わかった」と右手を差し出した。その手首には宝具が巻き付いている。

アインがその右手を握ると、二人の宝具が一瞬だけ淡《あわ》く輝《かがや》いて、そしてすぐに収束した。

そしてその直後、アインが妙に納得《なっとく》した顔つきになる。

「あぁ、あのじいさんか……」

「うん、その人。結構気難しいから気をつけてね」

「知ってるよ」

アインは人差し指で頭を小突《こづ》く。それは、二人の認識《にんしき》が『共有』されたことを意味していた。

セシリアは感心したような声を出す。

「その力って便利だよね。記憶《きおく》とかも共有できるんでしょ？」

「うん。感情以外のものならなんでもね。手を繫《つな》いだ方が共有しやすいから手を繫ぐけど、別に離《はな》れてても問題ないし！　こんなことも出来るんだよ？」

ツヴァイは得意げに、セシリアの持っていたカップを手にとり、アインと手を繫いだ。

再び輝き出す宝具。そして数秒も経《た》たないうちに――

「すごい！」

アインの手にはツヴァイが持っているものと同じカップが握られていた。カップに刻まれた木目もそのままである。アインはコップをその場に置きながら呆れたような声を出した。

「あんまり人に見せるなよ」

「えへへ。つい、自慢《じまん》したくなっちゃって」

照れ笑いを浮《う》かべるツヴァイにアインは目を眇《すが》めたあと、置いてあった箱を持ち上げた。

「俺はとりあえずこれ返してくるな」

「あ、うん。いってらっ――……」

しゃい。と続けるはずだった言葉は、女性の甲高《かんだか》い悲鳴にかき消される。

三人はその声のした方向に目を向け、同時に足を踏《ふ》み出すのだった。

たどり着いた先には、倒れている女性と散乱する小道具があった。どうやら彼女は何かに躓《つまず》き、転《こ》けると同時に積んであった小道具の箱をひっくり返してしまったらしい。「なにやってんだ、お前!」と声を荒《あら》らげる男性を制し、セシリアは彼女に近づき助け起こす。

「大丈夫ですか? 怪我《けが》は?」

「あ、はい。大丈夫です。ありがとうございます……」

膝《ひざ》をついて自身の手を握ってくる美青年に、助け起こされた女性はぽぉっと頬を赤らめる。

しかし、今はそれどころではないと思ったのか、彼女は首を振り、すぐに正気を取り戻《もど》した。

「小道具っ! 壊《こわ》れたりしていませんか!?」

「見る限りは、大丈夫みたいですよ」

セシリアは落ちていた小道具の一つを手に取る。彼女がひっくり返したのは武器の小道具らしく、そこらじゅうに短剣《たんけん》や銃《じゅう》が散らばっていた。そこにやってくるのは、先ほど声を荒らげた大柄《おおがら》の男性だ。彼がきっと大道具や小道具の管理責任者なのだろう。

「ったく、お前はホントにおっちょこちょいだなぁ」

「すみません、ザックさん」

「まぁ、怪我してないならいいけどよ」

ザックと呼ばれた彼が女性の頭を小突く。すると彼女は、申し訳なさそうな、それでいて嬉《うれ》しそうな微妙《びみょう》な笑《え》みを浮かべていた。

女性が小道具を拾っているのに倣《なら》うように、セシリアや他のメンバーも散らばったそれらを片付けはじめる。セシリアは手に取った短剣をまじまじと見つめた。

「こうしてみると、本物みたい」

「まぁ、こういうのはリアリティが一番だからな！　いくら役者が良い演技しても、道具が生半可じゃ客もしらけちまうってもんさ！」

いつの間にか隣にいたザックは、そう言いながら剣の刃《は》を指でなぞる。それで指は切れないとわかってはいるのだが、本物のように見えるのでどうにもハラハラしてしまう。

「偽物《にせもの》だとわかっていても、これで刺《さ》されたら痛そうですね」

「やってみるか？」

言うやいなや、ザックは持っていた短剣を容赦《ようしゃ》なくセシリアの腹に突き立てた。先を当てるだけ……なんてことはなく、短剣は柄《つか》の部分までぶっすりと身体《からだ》に押し込まれてしまっている。

身体に突き刺さった短剣に、セシリアは思わず声を上げそうになる。

「――っ！　……って、痛く、ない？」

「当たり前だろうが。こんなもん、細工してあるに決まってんだろ？」

ザックはセシリアから短剣の柄を離す。すると、柄の中にひっこんでいた刃の部分も同時に戻ってきた。彼はもう一度、その剣でセシリアの身体を刺す。

「中にバネが仕込んであるんだよ。これは、なじみの技工士の特注品でな。そういえば最近、孫の素行が悪いとかなんとかって、困ってるらしいんだが――」

「うわぁあぁぁ!?」

その時、背後からとんでもない叫《さけ》び声がした。振り返ると、ツヴァイが尻餅《しりもち》をついていた。

その顔は青く、セシリアを見つめる瞳《ひとみ》は小さく揺《ゆ》れ動いていた。

「あ、ごめん。驚《おどろ》かせちゃった？　これ実は、細工がしてあって」

「……なさい」

「え？」

「ごめんなさい。ごめんなさい。ごめんなさい……」

「ツヴァイ？」

蹲《うずくま》って震《ふる》えだしたツヴァイに、セシリアは近寄る。

「どうしたの？　大丈夫《だいじょうぶ》？」

「うわぁぁぁあ！　僕に近づくなぁ!!」

瞬間《しゅんかん》、手に持っていた短剣が弾《はじ》かれる。地面を滑《すべ》る短剣に、唖然《あぜん》とする一同。

彼らの驚く表情を見て自分の状況《じょうきょう》に気がついたのか、ツヴァイは両手で顔を覆《おお》った。

「ごめん。違うんだ、ほんと――」

一定だった呼吸が段々と速く、荒くなる。苦しくなったのか、ツヴァイは目に涙《なみだ》を溜《た》め、その場で丸く蹲った。

「ツヴァイ!?」

「大丈夫か？」

飛んできたのは、別の場所で作業をしていたアインだった。その姿をみとめて間もなく、ツヴァイは意識を失うのだった。


それから三十分後、ツヴァイは救済院のベッドで寝《ね》かされていた。部屋にいるのは、彼を連れてきたアインとセシリアの二人だけである。

もう日も傾《かたむ》いてきており、窓から入った夕日が眠《ねむ》るツヴァイの肌《はだ》をゆっくりと滑っていた。

「なんか、ごめんね」

最初に口を開いたのはセシリアだった。

「なんでお前が謝るんだよ」

「だって……」

セシリアは申し訳なさそうに視線を落とした。わざとではないものの、彼を怖《こわ》がらせたのは間違《まちが》いなく彼女自身だ。これには罪悪感を抱《いだ》かざるを得ない。

（よく考えたら、最初に出会ったときも、ツヴァイはナイフを異様に怖がってたな……）

あの時は単に驚いただけだと思っていたのだが、こうなってくると、刃物に対してなにかトラウマのようなものがあるような気がしてならない。

セシリアはツヴァイに布団《ふとん》をかけ直す。そして、何かに気がついたように目を丸くした。

「あれ？」

「ん？　どうした」

「ねぇ、アイン。ツヴァイって、胸にブローチつけてたよね？」

アインはその言葉にはっとしたような顔になり、ツヴァイの胸を確かめた。その胸にはやはり何もついていない。

「もしかして、どこかで落としたのかな？」

「……捜《さが》してくる」

「へ？」

思い詰《つ》めたような表情になったアインは、そのままセシリアに背を向ける。

「俺は一人で大丈夫だから、お前は舞台《ぶたい》の練習に行ってこい」

「ちょ、ちょっとまってよ！」

一人でさっさと広場に戻ろうとするアインを、セシリアは駆《か》け足で追いかけた。しかし、追いつくやいなや「一人でいいって言ったろ？」とぞんざいな言葉を浴びせかけられる。

「いやでも、放《ほう》っておけないし！」

「放っておけよ。お前には関係ない話だろ」

「でも、ブローチを捜すなら、一人より二人の方が良いと思うし！」

「お前の手なんか借りなくても――」

「それに、暗くなっちゃう前に見つけた方が良いと思うんだ！　暗くなったら捜しにくくなるし！　なにより、見つからなかったらツヴァイが悲しんじゃうと思うし！」

片割れの悲しむ顔が浮《う》かんだのか、セシリアの言葉に彼は閉口した。そして、「勝手にしろ」と投げやりに言い放つ。

セシリアは「うん。勝手にする！」と元気よく答えた後、二人はブローチを捜しはじめるのだった。

最初に調べたのは、ツヴァイが過呼吸を起こした例の場所だった。

セシリアたちがツヴァイの処置をしている間に皆《みな》が片付けたのだろう、先ほどとは打って変わって、その場は綺麗《きれい》になっていた。

積み上げられた箱の中身を一つ一つ確かめながら、彼女は口を開く。

「えっと、緑色のブローチだったよね。周りの意匠《いしょう》は金色で……」

「これと一緒《いっしょ》だよ」

そう言って、アインは彼女の目の前にブローチを差し出した。目の前にあるそれは、間違いなくツヴァイが持っていたものと全く同じ物である。

「お揃《そろ》いだったんだ……」

「あぁ。うちの地元は、生まれた子どもに瞳の色と同じ色の宝石を贈《おく》るのが慣《なら》わしなんだよ。だから――」

「それじゃ、すっごく大切な物だね！　絶対に見つけ出さないと！」

意気込みを表すように胸の前に拳《こぶし》を掲《かか》げる。すると、視界の端《はし》でアインが目を眇《すが》めた。

「……お前、変な奴《やつ》ってよく言われるだろ？」

「へ。なんで？」

「変な奴だなって、思ったから」

セシリアはきょとんと首を傾《かし》げる。そんな彼女に、アインは「いいから捜すぞ！」と、先ほどよりも幾分《いくぶん》か優《やさ》しくなった声をかけた。


それから一時間後。

二人の姿は救済院の倉庫の中にあった。舞台のために救済院から借りているそこには、先ほどの小道具の箱も含《ふく》めて、いろいろな舞台の道具が置いてある。

「見つからないね……」

「見つからないな……」

二人は倉庫の中で同時にため息をつく。外はもう暗く、一番星が瞬《また》きはじめていた。この調子では寮《りょう》の夕食を食いっぱぐれてしまうだろう。

「そういえばさ、お前。聞かないのかよ」

「何を？」

捜している手を止めて、セシリアはアインの方を向く。すると彼もセシリアの方を見ていたようで、視線が絡《から》んだ。

「ツヴァイがあんなに刃物《はもの》を怖がる理由」

「……教えてくれるの？」

「お前になら、教えてやってもいい」

耳に届くか届かないかぐらいの小さな声に、セシリアは目を瞬かせる。

「どうせお前、この話聞いても、変なことに使うような頭持ってねぇだろうし！」

「それはもしかして、……貶《けな》されてますか？」

「ちげぇよ。……褒《ほ》めてんの」

ぶっきらぼうだが間違いなくそう言われ、セシリアは目を見開いた。

アインは、驚く彼女から視線を外し、下唇《したくちびる》を噛《か》みしめた。

「アイツさ、目の前で母さんが殺されてるんだよ」

「え？」

「俺たちの地元で、双子《ふたご》が『悪魔《あくま》の子』って忌《い》み嫌《きら》われてたってのは知ってるだろ？」

それは、ツヴァイから聞いた話だ。アインとツヴァイが生まれたとき、彼らの両親は領民から『どちらかを殺せ』と詰め寄られたらしい。

「父さんが窘《たしな》めて、一時はそういうことを言う奴らもいなくなってたんだ。だけど……」

ある夜、誰《だれ》よりも信心深いと評判だったカディ・ミランドが刃物を持って屋敷《やしき》に押し入ってきたらしい。カディはマキアス家の通いの使用人をしており、無断で敷地《しきち》内に入ってきても誰も疑わなかったという。

カディは木を伝い、ツヴァイの部屋に侵入《しんにゅう》。その時ちょうどマキアス夫人はツヴァイの部屋にいたらしく、彼を庇《かば》う形でカディの刃を受け、亡《な》くなってしまったというのだ。

「それ以来、ツヴァイは刃物が怖いんだ。多分ずっと、アイツは母さんじゃなくて自分が死ねばよかったんだって思ってる」

「そんな……」

セシリアは凄絶《せいぜつ》な過去に言葉をなくす。目の前で母親が殺されただけでもショックだろうに、それが自分を庇ったから……というのは、どう考えても辛《つら》すぎる。

（でもそうか、だから……）

グレースは教えたくないと言ったのか。

こんな秘密を自分の知らないところで誰《だれ》かに知られていたら、確かに気持ちよくはない。

「この力が手に入ったとき。俺たちはいろいろなことを共有したんだよ。でもアイツ、いくら言ってもその時の出来事を共有してくれねぇの」

アインは手に巻き付いている銀色のブレスレットを撫《な》でる。

「俺たちは二人で一つなのにな」

ずっとそうやって生きてきたのだろう。互《たが》いに互いを支え合って。同じ物を見て、同じ事を感じて、同じ苦しみを背負って。けれど共有できない大切な記憶《きおく》がたった一つだけあって、その重荷を一緒に背負えないことを、きっと彼は不甲斐《ふがい》なく思っている。

「このブローチさ、実は母さんの形見でもあるんだよ。石を決めてくれたのが、母さんだったらしくてさ」

ツヴァイとお揃いのエメラルド色のブローチを見下ろしながら、彼は静かにそう言った。

「……だから、お前が捜すの手伝ってくれてるの、正直助かってる。ブローチがなくなったって気がついたら、アイツ、きっと落ち込むだけじゃ済まないだろうから」

「そんな、大切なものだったんだ。……それなら、なおさら絶対に見つけなくっちゃね」

「あぁ。これ以上、アイツだけに背負わせちゃダメだからな」

ブローチを握ったまま少し遠くを見つめるアインに、セシリアは少し考えて口を開く。

「それにしても、二人とも強いよね」

「ん？」

「俺だったら、そういう辛い記憶、一緒に共有しようとか思えないかも。ツヴァイの立場でも一人で背負えるとは思えないし……」

「強いのはツヴァイだけだよ。俺は結局、何も背負えてないからな」

「ううん、誰がなんと言おうとアインは強いよ！　すごく強い。だって、ツヴァイのこと守ろうとして、俺のこと蹴《け》ってくるぐらいだもん！」

「お前な……」

今それを言うか、と彼の目は半眼になる。

睨《にら》み付けるような視線を向けてくる彼に、セシリアは笑《え》みを強くした。

「お母さんが亡くなったこと、アインだって辛かったはずでしょ？　それなのに、自分のことよりツヴァイのことを一番に考えて、守ろうとして。やっぱりどう考えても、アインは強いよ！」

「……」

「俺ね、家族を亡くしたことはないけどさ。離《はな》ればなれになったことはあるから、『わかる』とまでは言えないけど、気持ちの想像ぐらいは出来るよ」

ひよのとしての生が終わる瞬間《しゅんかん》、この世から自分がいなくなることよりも、家族や友人と会えなくなることが辛かった。何も言わずに、大好きな人たちともう二度と会えない距離《きょり》に行かざるを得ない状況《じょうきょう》が、たまらなくしんどかった。

死に別れというのは、きっと置いていく方も置いて行かれる方も、寂《さび》しくて、辛くて、切ないものだ。

「やっぱりさ。アインは、とっても頑張《がんば》ってるね！」

素直《すなお》な気持ちを吐露《とろ》すれば、彼の頬《ほお》はにわかに赤くなる。そして、なぜか悔《くや》しそうな表情になったあと、ぷいっとセシリアから顔を背《そむ》けた。

「急に年下扱《あつか》いするなよ！」

「え？　俺、年下扱いしてた⁉」

「してた！　……無意識かよ」

唸《うな》るようにそう言われ、セシリアは「ごめん」と焦《あせ》ったような声を出した。その謝罪を受けてもなお戻《もど》らない彼の表情に、彼女はおろおろと視線を彷徨《さまよ》わせる。

（もしかして、何か嫌《いや》な気分にさせちゃった⁉　年下扱いとかしたつもりないんだけどな……。でも、嫌な気持ちにさせたなら謝らないと！　でもどうやっ……）

「って、あぁあぁ――‼」

大声でアインの後ろを指す彼女に、アインは両耳を押さえながら「何だよ⁉」と振《ふ》り返る。

「見て！　あった！」

「は？」

「あそこだよ！」

ツヴァイのブローチは、貴金属のイミテーションを入れている箱の中にあった。きっと誰かが拾った彼のブローチを間違《まちが》えて入れたのだろう。

セシリアは棚《たな》に駆《か》け寄り、箱に手を伸《の》ばす。その瞬間、肩《かた》に引きつるような痛みが走った。

「――っ！」

「まだ痛むのか？」

「あ、うん。ちょっとだけね」

セシリアはアインにフォローされながら箱を下ろす。

「悪いな。それじゃ、日常生活もままならないだろ？」

「そんなことないよ。もうだいぶ動かせるようになったし！　ただ、高く上げるとちょっとね。――って、やっぱりあった！」

「……」

「アイン！　ほらあったよ」

セシリアは嬉《うれ》しそうな顔でアインの前にブローチを差し出す。しかし、彼はそれに視線を落とすことなく、彼女の両肩をがっと掴《つか》んだ。

「……責任は取る」

「ん？」

「ちゃんと責任は取ってやる！」

アインの言葉に、セシリアはそこはかとなく嫌な予感を感じ取った。

「明日《あした》からの学院生活、サポートは任せろ」


今日もオスカーの可愛《かわい》い可愛い婚約者《こんやく》は、彼の理解が及《およ》ばない事をしていた。

「ほら、セシル貸せよ。その荷物も持ってやるから」

「あ、これは大丈夫《だいじょうぶ》だよ！　重たくないし！」

「大丈夫かどうかは俺が決める。いいから貸せ！」

そう言って、セシリアから鞄《かばん》をひったくるのは、マキアス侯爵《こうしゃく》家の嫡子《ちゃくし》であるアインだ。彼は二人分の荷物を両手で持ちながら、彼女の隣《となり》を歩く。

セシリアも最初は戸惑《とまど》うような顔を見せていたが、会話が始まるといつもの朗《ほが》らかな笑みを浮《う》かべ、楽しそうな声を上げていた。

そんな仲睦《なかむつ》まじい二人の後ろを歩きながら、オスカーは眉根《まゆね》を寄せる。

(そういえばアイツ、マキアス家の双子《ふたご》と仲良くなりたいとかなんとか言ってたな……)

三日間ほど腹痛に悩《なや》まされたあの毒プリンも、元は双子に食べさせるために作ると言っていたものだし。その前のお茶会だって、セシリアは彼らと会うために参加しているというようなことを言っていた。

(つまり、念願叶《かな》ったということか……)

肩を揺《ゆ》らす彼女の横顔に、オスカーは面白《おもしろ》くなさそうな表情を浮かべる。あまり嫉妬《しっと》のようなことはしたくないと思っているのだが、顔が勝手にそうなってしまうのだから仕方がない。

こちらには気がついていないのか、二人は肘《ひじ》で互いを小突《こづ》くようにしながら前を歩いていた。

「それよりさ。アイン荷物重くない？　大丈夫？」

「大丈夫だ。お前は気にしなくていい」

「でも……」

「責任はちゃんと取るって言ったろ？」

(責任？)

ふと耳を掠《かす》めたその単語が気になった。責任というのは一体何のことなのだろう。アインが彼女になんの責任を感じているのだろうか。

そう考えをめぐらせている間に、彼の身体《からだ》は勝手に動いた。足早に彼らの背後に近づき、肩を叩《たた》く。そうして「おい」と声をかけた。その声に彼女たちは同時に振り返る。

「あ、オスカー！」

「殿下《でんか》」

「お前たち、なにをしてるんだ？」

その問いにセシリアは意味がわからないという感じできょとんと目を瞬《しばたた》かせる。しかし、オスカーの視線がアインの手元にあることを知って、彼女は合点《がてん》がいったとばかりに頷《うなず》いた。

「あぁ、えっと、これはね！　アインに――」

「俺が自分で持つと言ったんですよ」

セシリアが責められるとでも思ったのだろうか、アインはまるで彼女を庇《かば》うようにオスカーの前に立つ。慇懃《いんぎん》無礼《ぶれい》なその態度に少しだけムッとしたが、すぐに矛《ほこ》は収めた。こんなことでいちいち腹を立てていても仕方がない。

オスカーは咳払《せきばら》いを一つした後、アインに向き直る。

「別に俺は、君たちのことを責めているわけでも、非難しているわけでもない。ただ、どうしてそんなことになっているのか知りたかっただけだ。鞄、そんなに重たい物でも入ってるのか？」

オスカーはアインの手からセシリアの鞄を取る。しかし、彼女の鞄は自分が持っているものと重さはほとんど変わらなかった。むしろ、軽いぐらいである。

首を傾《かたむ》けるオスカーに、アインは一歩踏《ふ》みだし、さらりとこんなことを宣《のたま》った。

「俺は、ただ男として責任を取っているだけです」

「は?」

(男として、責任?)

先ほどよりもはっきりと耳に入ってきたその単語に、オスカーの眉間《みけん》には皺《しわ》が寄った。

言葉通りに取るのなら、アインがセシリアに何かしてしまい、その罪滅《つみほろ》ぼしに……ということなのだろうが。これが男女の間での話になると、さらに『責任』の前に『男として』とつくと、途端《とたん》に意味深な言葉に変化してしまう。

(いやいや、そんなまさか! セシリアだぞ!? あの『男女』の『だ』の字も知らなそうなセシリアが! そもそも、俺のセシリアがそんな事をするわけ……)

しかし、『もしかして……』を想像してしまったオスカーの顔は一瞬《いっしゅん》にして青くなる。必死に首を横に振って抵抗《ていこう》をするが、どうにもこうにも嫌な予感が拭《ぬぐ》えない。

そんな彼を気にすることなく、アインはさらに続けた。

「だから、身体に負担をかけないように、俺が荷物を持っているんです」

「身体!?」

ひっくり返った声を上げるオスカーに構うことなく、セシリアは赤い顔でアインを小突く。

「ちょっと、アイン! やめてよ!!」

「なに恥《は》ずかしがってんだよ。本当のことだろ?」

「……何もオスカーに言わなくてもさ」

なぜか恥ずかしがっている様子のセシリアに、喉《のど》がひゅっと鳴る。

頬《ほお》を染めるセシリアを、アインはただの友人とは思えない距離感《きょりかん》で覗《のぞ》き込んだ。

「もう痛くはないか？」

「さすがにもう痛くはないし、大丈夫だって言ってるのに！」

「でも、昨日も痛がってたろ？」

「昨日……？」

思わず聞き返してしまう。しかし、呟《つぶや》く程度の声だったので届かなかったのだろう、彼らは固まるオスカーを無視して話を続けた。

「だってあれは、アインが無茶《むちゃ》な体勢取らせようとするから！」

「無茶じゃない。お前が遠慮《えんりょ》ばっかりするから、本当に大丈夫か確かめただけだろ？」

「でも」

「『でも』じゃない」

ちゃんと聞いていれば、アインとセシリアがそうじゃない、ないと気づけたのかもしれないが、混乱している彼の頭は完全に事実を別に捉《とら》えてしまう。

真っ白になった顔のオスカーにようやく気がついたのだろう。セシリアは心配そうな顔で、彼を覗き込んだ。

「あれ。オスカー？　どうしたの？　大丈夫？」

心配する彼女は可愛い。可愛いが、これは当然許しておける事態ではない。オスカーは心配そうな顔をする彼女の肩《かた》を抱《だ》き寄せ、今まで自分が出したどの声よりも低い声を出した。

「アイン・マキアス……」

「はい？」

「お前は、誰《だれ》のものに手を出してるのか、わかってるのか」

地響《じひび》きを感じさせるような声でそう言うと、さすがのアインの頬にも冷や汗《あせ》が滑《すべ》った。

「誰が誰のなんですか」

その声がかかったのは、アインの冷や汗が流れた直後だった。瞬間、オスカーとセシリアの間に手が差し込まれ、ベリッと引き離《はな》される。そこにいたのはギルバートだった。

「あ、ギル」

「ギルバート！」

ギルバートはセシリアをオスカーから引き離すと、自身の背中に隠《かく》す。

そして、驚《おどろ》くオスカーに冷ややかな視線を向けた。

「セシルは殿下のものではないはずですよ？　何を血迷ったことでキレているんですか？」

「しかし……」

「それと、婚約者がいる身でそういう不用意な発言はやめてください。俺は『友人として』という意味で理解できますが、万人《ばんにん》がそうだとは限らないので」

要約すると『何、馬鹿《ばか》な発言してるんですか。アインに「セシル」が「セシリア」だとバレたらどうするつもりなんですか？』ということである。

キレのいい辛口《からくち》に頬が引きつるが、ギルバートの意見ももっともである。相手が鈍感《どんかん》の権化《ごんげ》であるセシリアだから助かったが、普通《ふつう》の相手ならばオスカーがセシルをセシリアと認識《にんしき》していると思われかねない発言だ。

ギルバートはセシリアを背中に隠したままアインに一歩踏み出した。

「それより、アイン。セシルに近づくなと、何度言ったらわかるんですか。貴方《あなた》がセシルを蹴《け》ったこと、俺はまだ許してないんですからね」

「蹴った!?」

オスカーは驚いた顔でセシリアに聞き返す。

彼女は鼻の頭を掻《か》きながら、恥ずかしそうに苦笑いした。

「あ、うん。でも、それもいろいろと理由があったからで！　今は仲直りしてるんだけど……」

セシリアは視線を滑らせる。そこにはギルバートと舌戦《ぜっせん》を繰《く》り広げるアインの姿があった。

「だーかーら!!　お前には関係ないって言ってるだろ！　これは俺とセシルの問題だ!!」

「俺もセシルの友人です。その友人が、稚拙《ちせつ》で後先考えない、短絡《たんらく》的で暴力的な人間と交友関係を続けていたらどう思います？　心配して当然でしょう？」

「過ぎたことをいつまでもそうやってネチネチと――!!」

「もう過ぎたことだというのなら、貴方の言う『責任』も過ぎたことでしょう？　それならもう責任は果たされたので、セシルに近づかないでください」

「おーまーえーは――!!」

　あまり口はうまくないのだろう、ギルバートの口撃《こうげき》にアインは顔を赤くしながらぷるぷると震《ふる》えている。そんな彼らの様子に、オスカーは感心したような声を上げた。

「ギルバート、絶好調だな」

「あはは……。いつもああやってギルが追い返しちゃうんだよね」

　いつも、ということはこれが初めてではないらしい。それでも懲《こ》りずにセシリアに会いに来るアインも相当な胆力《たんりょく》がある。

　そんな彼らを見ながら、オスカーは何かに気がついたようにはっと顔を跳《は》ね上げた。

「もしかして、さっき言っていた『責任』というのは、その時に負った怪我《けが》のことか？」

「うん。たいした怪我じゃなかったんだけど、痛みが完全に引くまで学院生活をフォローするってアインが……」

「そうか」と、あからさまにほっとしたような声が出た。彼女がそんな不貞《ふてい》を働くはずがないとわかっていても、先ほどの会話は何も知らない彼の心を揺《ゆ》さぶるには十分すぎるものだった。

オスカーは気遣《きづか》うような視線をセシリアに向ける。

「怪我は、本当に大丈夫《だいじょうぶ》なのか？」

「平気！　最初の頃《ころ》は結構痛かったんだけど、今はなんともないよ！」

無意識なのか、セシリアは肩を摩《さす》る。

「アインに蹴られたというのは、いつのことだ？　つい最近の話か？」

「えっと、ツヴァイに話しかけたときだから、お茶会の時かな……」

「お茶会⁉」

前だとしても一週間程度だと思っていたオスカーは、そうひっくり返った声を上げた。お茶会ということは、もう二週間以上前の話ということになる。

「お前っ！　なんで俺には言わなかったんだ⁉」

「え？」

「肩の怪我のことだ！　いくらでも言うチャンスはあっただろうが！」

怒鳴《どな》るようにそう言えば、彼女は一瞬首を竦《すく》めた後、指先を合わせた。

「だって、ほら。オスカーには関係ないし」

その言葉に、オスカーの血圧は上がる。心配させたくない一心で言ったのかもしれないが、いつでもどこでも悪意なく、自分を蚊帳《かや》の外に出そうとする彼女に、腹が立ってしかたがない。

「……ギルバートには言ったんだよな？」

「まぁ、ギルだしね」

　そこに加わっていない自身が情けない。

　オスカーが奥歯を嚙《か》みしめると、彼女はさらに爆弾《ばくだん》を落としてきた。

「最近、ついてないんだよね。なんか、嫌《いや》がらせとかもされるし」

「はぁ⁉」

「なんか、頭の上に鉢植《はちう》えを落とされそうになったり、お湯かけられたり、鞄《かばん》の中に変な物入れられたり……」

　再び知らなかった情報がいきなり飛び出てきて、オスカーは頭を抱《かか》えた。

『なんで俺には知らせなかったんだ！』と叫《さけ》びたくなる気持ちを抑《おさ》えつけて、彼はセシリアの両手を握《にぎ》る。

「セシル」

「え。なに？」

「もし今後、同じようなことがあったら、ちゃんと言って欲しい。『怪我をした』とか『誰かに狙《ねら》われている』とか、そういうのは俺にも知らせてくれ」

　真剣《しんけん》な顔でそう言うと、セシリアは目を瞬《しばた》かせた後、申し訳なさそうな顔で視線を落とした。

「さすがに申し訳ないよ。オスカーいろいろ忙《いそが》しいだろうし、俺なんかのことで……」

「俺は——！」

上げそうになった大声を、頑張《がんば》って呑《の》み込む。ここで怒《おこ》っても怒鳴っても仕方がない。

オスカーは握っている彼女の手を、もう一度ぎゅっと握りしめた。

「お前から見て、俺はそんなに頼《たよ》りなく見えるのか？」

「そんなことは……」

「お前にだって、話せないことの一つや二つはあるんだろう！　それはわかっているつもりだ！　だがな、俺は――」

（お前の婚約者《こんやく》だろうが！）

それはさすがに口に出さなかった。出してしまえば、彼女だってさすがにオスカーが男装を見抜《みぬ》いているとわかってしまうだろう。そうすれば、今のこの関係は終わってしまう。

「オスカー？」

「心配ぐらいはさせろ。……頼《たの》むから」

不安そうな顔で覗《のぞ》き込む婚約者の頭をオスカーはくしゃりとかき交ぜた。

その場が解散になったのは、それから十五分ほど後のことだった。

言い負かされて悔《くや》しいからか、寮《りょう》とは反対側に行くアインに、一緒《いっしょ》に帰るギルバートとセシリア。教室に用事があるのを思い出したオスカーは、彼らとはまた別の道を歩いていた。

近道に中庭を突《つ》っ切る。

「ふぅ……」

何もしていないのに、どっと疲《つか》れが肩《かた》にきた。呼吸とともに落とした視線の先にある足は、いつの間にか止まっている。そして、側《そば》で感じるわずかな気配。オスカーは顔を上げた。

「ダンテ？　いるのか？」

小さくそう呼びかけると、霞《かすみ》のような気配がはっきりと形を取った。

「最近、オスカーもわかってきたね！」

いつの間にか背後にいた彼は、オスカーの首に腕《うで》を回しながら楽しそうにそう言う。

オスカーは先ほどの疲れを上乗せしたようなため息をついた。

「見つけて欲しくてわざわざ気配を出しているくせに、そういうことを言うな……」

「『わざわざ出してる』ってところを『わかってきてる』あたりが嬉《うれ》しいんだよ、俺は」

「見つけて欲しいなら、普通に出てこい」

「やだなぁ。それじゃ、面白《おもしろ》くないでしょ？」

背中にべったりとひっついてくるダンテをそのままに、彼はもう一度大きなため息をついた。

「……それで『調べる』と言っていたのは、何か成果があったのか？」

「オスカーは、まさか俺が手ぶらで帰ってきてると思ってるわけ？」

「まぁ、手ぶらならそこまで機嫌《きげん》は良くないだろうな」

「やっぱりオスカー、わかってる！」

苦しいくらいに首を絞《し》めてくる友人の腕を叩《たた》いて止める。

機嫌の良い彼はオスカーの首を絞めていた腕を緩《ゆる》めると、そのままの体勢で声を潜《ひそ》めた。

「やっぱりジャニス王子、この国に入ってるみたいだよ？　北方の関所が一つ買収されてた」

「どこ情報だ？」

「マーリン」

その名前を聞いた瞬間《しゅんかん》、オスカーの目が据《す》わる。

それは以前、セシリアを誘拐《ゆうかい》した暗殺集団のリーダーの名前だ。

怪我をしているところを見つけて一度は捕《と》らえたものの、何者かの邪魔《じゃま》が入り、逃《に》がしてしまったという苦い過去を持つ。

その後、彼女が組織を解体し、ハイマート自体はなくなったのだが『首謀者《しゅぼうしゃ》を捕《つか》まえられなかった』という事実と『本来、訓練期間が終わるまで実戦で使ってはいけないとされている新兵を実戦に使った。しかも、王太子主導で……』という二つの汚点《おてん》を隠《かく》すために、セシルが一人でハイマートを潰《つぶ》したという、あり得ない筋書きの報告書を書かざるを得なくなった。その原因の女性である。

「……お前、あいつらとは手を切ったんじゃないのか？」

「ほら、ハイマートは抜《ぬ》けたけど、マーリン達は家族だからさ！」

じろりと睨《にら》み付けるように見ると、ダンテはペロッと舌を出す。

反省はしているが、直す気はないということだろう。

「大丈夫《だいじょうぶ》だよ、その辺はうまくやるから。次期国王様の友人が暗殺集団上がりとか、笑えないもんね」

前に彼から聞いた話だと、本物のハンプトン家は現在国外にいるらしい。資金繰《しきんぐ》りが厳しく没落《ぼつらく》しかけていた彼らに、相応の資金と新しい身分を渡《わた》して、貴族の地位と名前を明け渡してもらったらしい。没落寸前の男爵《だんしゃく》家ということもあり、社交界に出ることも、他《ほか》の貴族に構われることもなかったので、なりすましは容易だったという。

ちなみに、ヒューイの身分もそうやって用意したそうだ。

「まぁ、その辺は信用しているが。今後、お前のような奴《やつ》がうちの貴族院に入ってこないように、俺の代からは定期的に調査を入れておかないとな……」

「あーぁ、マーリン達が仕事しにくくなることこの上ないね」

「ま、彼女達にはもう少し待ってもらえ。いずれ、俺が使えるようになんとかする」

軍部を任されているオスカーがマーリン達の捜索《そうさく》をあまりしていない理由は、ダンテの家族ということもあるが、彼らをいずれ自分の下につけようというもくろみもあったからだ。

誰《だれ》にも知られていない、暗殺も出来る少数精鋭《せいえい》部隊なんて、利用価値は山ほどある。

「それは残念だったね、オスカー。実は最近、先約が入ったんだよ」

「どこだそれは？」

オスカーの目が細くなる。彼らを買った人間がどこなのかはわからないが、場合によっては今のうちに潰しておかなければならなくなるだろう。

そんな気色ばむ彼にダンテはへらりとした笑《え》みを浮《う》かべた。

「大丈夫。オスカーには無害なところだと思うよ。相手は、とある公爵家の嫡子《ちゃくし》様だから」

「……ギルバートか？」

その言葉を肯定《こうてい》するように、ダンテはにやりと唇《くちびる》を歪《ゆが》める。

「マーリン、褒《ほ》めてたよ。『ダンテの紹介《しょうかい》じゃなくて、自分で私たちの居場所を見つけてきたあたりが見込みある』ってね。あの騒動《そうどう》以降、密《ひそ》かにずっと捜《さが》してたみたいだね」

ダンテはオスカーから身を離《はな》し、くるりと彼の前に躍《おど》り出る。

「ま、今は学生の身の上だし、まだ手紙だけのやりとりだから、すぐにって話じゃないけどね。でもまぁ、セシルのこともあるから、マーリンはお抱えになるのに前向きみたいだよ？」

「それは、してやられたな」

そう言いながらもオスカーは悔しがるそぶりを見せない。ギルバートが扱《あつか》うのならば自分の敵にはならないと踏《ふ》んでいるのだろう。

逆に悔しそうな声を上げたのは、ダンテの方だった。

「えー。それはひどいなぁ。マーリン達なんかより、俺の方がずっと役に立つよ？　マーリン達の情報は基本俺に筒抜《つつぬ》けだし、あいつらと俺が戦っても、俺が勝つし。基本的に俺って上位互換《ごかん》だからさー」

「それは、知ってる」

間髪《かんはつ》を容《い》れずのオスカーの答えが気に入ったのだろう、ダンテは「知られてたかー」と浮《うわ》ついた声を出した。そうしてもう一度彼の首に腕を回す。

「それにしても、ジャニス王子の件が心配だね。あの人、よくない噂《うわさ》が多いからさ」

「まぁ。ただのお忍《しの》び旅行なら問題ないんだけどな」

そう言いながらも、オスカーの眉間《みけん》には深い皺《しわ》がくっきりと刻まれていた。

降神祭まで一週間を切ったある日。セシリアはシゴーニュ救済院のとある一室にいた。

目の前には鏡。しかし、その鏡に映っているのは、いつもの自分の姿ではなかった。

粉をはたいた白磁のようなきめ細やかな肌《はだ》に、神秘的な薄《うす》い紫色《むらさきいろ》のアイシャドウ。髪《かみ》は流れるような白銀で、腰《こし》の辺りまでストンとまっすぐに落ちている。着ている白いドレスは貴族達が舞踏《ぶとう》会で着るようなものではなく、シンプルなワンピースといった感じで。しかし、身体《からだ》を覆《おお》う薄い布が、その神聖さをまた一段階も二段階も引き上げていた。

「ほら、完成したわよ！」

「うーわ……」

セシリアは全身鏡に映る自分の姿に頬《ほお》を引きつらせる。その後ろで彼女を仕上げたリーンは、誇《ほこ》らしげに胸を反らしていた。

「これが本番の時の衣装《いしょう》とメイク。どう、素敵《すてき》でしょ？」

「いや、素敵だけどさ。……これ、本当に女だってバレない？」

「バレないバレない！　大丈夫よ！　今日の稽古《けいこ》からこれで出てもらうから！　裾《すそ》の辺りとか踏んじゃわないように気をつけてね」

「それは、気をつけるけど……」

セシリアは困惑《こんわく》した顔で、もう一度自分の姿を見直す。本当に当たり前の話なのだが、鏡に映る自分は、どこからどう見ても女性だった。セシル《男性》だったときの姿なんて、もう微塵《みじん》も残っていない。セシリアとしての姿も残ってはいないので、それはそれでありがたいのだが……

セシリアは屋外にある舞台に行くため、リーンと共に部屋を出る。そうして、隣《となり》を歩く彼女に前々から思っていた疑問をぶつけた。

「ねぇ。本当にオスカーとギルには、舞台のこと内緒《ないしょ》なの？」

「そうよ！　本番まで学院の生徒には誰にも内緒。特にその二人には絶対に言わないでね？」

「どうせ、前日とか当日には学院でも告知するのに？」

「あら。それはわかってるのね」

意外そうな声で、リーンは肯定を示す。

自分で言うのもどうかと思うのだが、セシルが舞台に立つという話になったら、見に来る生徒は大勢いる。入場料を取るかどうかは聞いていないが、もし取るのだとしたら、そのお金を彼女が取り逃がすはずがないと思ったのだ。

それに彼女は、舞台のことを説明するとき『わざわざ呼ばない限り、セシリアのことを知ってる人が来るとは思えないわ』と言っていた。つまり、『知ってる人間を呼ばない』とは言っていないのだ。

なのにリーンは、学院の生徒、特にギルバートとオスカーには舞台のことは言うなと、セシリアにキツく言っていたのである。

「どうせ告知するんなら、今から言っておいても別にいいんじゃないの？　その方が来てくれる人増えるだろうし……」

「あら？　もしかしてセシリアって、二人に見に来て欲しいの？」

「そういうんじゃないけど、後で怒《おこ》られるの怖《こわ》いしさ……」

目を閉じれば『なんで言ってくれなかったの？』とこめかみに青筋を立てる義弟《おとうと》の姿が思い浮かぶ。オスカーだって、自分が舞台に出ることを黙《だま》っていれば、また悲しい顔をするだろう。

「ま、当日には知らせるから問題はないわよ！　だけどそれまでは内緒」

「なんで？」

「だって、前々から知らせてたらサプライズにならないでしょ！」

楽しそうな顔で人差し指を口元に持ってくる彼女は、やはり何か企《たくら》んでいるようだった。しかし、その企みが何かはセシリアには計り知れない。

「ま、セシリアは何も心配しなくても大丈夫よ。とにかく、あの二人には何も言わないこと！それだけは守って」

「……わかったけどさ」

頷《うなず》く。彼女が何を考えているかわからないが、ここは彼女に従っておくべきだろう。

二人は救済院から出る。併設《へいせつ》されている教会の前にはもう大きな舞台が建っていた。その周りを救済院の子ども達が走り回っている。時折「リーンおねぇちゃん！」と彼女を呼ぶ声がなんだか微笑《ほほえ》ましい。

「それよりさ。あれからツヴァイはどうなったの？」

「ツヴァイ？」

「あの倒《たお》れた後よ。こっちの手伝いにもアインしか来ないから、結構心配してたのよ？アインに聞いても無愛想な顔で『大丈夫だ』としか教えてくれないし！」

アインの心の閉じっぷりに、セシリアは苦笑いを零《こぼ》す。そして、彼の代わりにツヴァイの近況《きんきょう》を口にした。

「ツヴァイ、あれからちょっと体調崩《くず》しちゃったみたいでね。学院には来てるみたいなんだけど、手伝いとかは難しいみたい。あ。でも今日はちょっと顔を出す予定だって、朝、アインが言ってたよ！」

「そう。それなら、その時がチャンスね」

「え？　チャンス？」

首を傾《かし》げるセシリアの鼻先に、リーンは人差し指を近づける。

「そ。仲良くなるチャンス！　双子《ふたご》の攻略《こうりゃく》って、どちらか一方の好感度ばっかり上げてたらダメなんでしょ？　ツヴァイともちゃんと仲良くならなきゃ！」

「え。でも、ツヴァイとはもう十分仲が良いし……」

戸惑《とまど》うような声を上げるセシリアに、リーンも首を傾げる。

「あら。でも私から見たら、アインはもっとアンタと仲良く見えるけどね。……それこそ、らぶ、みたいな？」

手でハートを作ってみせる彼女にセシリアは半眼になる。

「そんなわけないでしょ。なんでリーンってば、男同士で仲良くしてるのを見るとそういう妄《もう》想《そう》しちゃうかなぁ」

「うーん、妄想なのかしら」

自分でもよくわからないのか、彼女は腕《うで》を組み、唇をとがらせた。

「でもまぁ、よく考えてみたら、人の心ってわからないものよね。何を考えてるか、どう思ってるか。何が好きで、何が嫌《きら》いで、何が地雷《じらい》か。好感度の見えないこの世界で、それを同時に二人分上げるって。案外、双子の攻略ってすごく難しいのかもね」

リーンにとっては何気ない言葉だったのかもしれない。しかし、その言葉にセシリアは言い知れない不安を感じたのであった。

「それで不安になって、今に至るってこと？」

「うん」

セシリアが昼食のサンドイッチ片手にそう頷いたのは、リーンの言葉に不安が爆発《ばくはつ》した翌日のことだった。場所はいつもの温室。相談した相手はもちろんギルバートである。

セシリアよりも早く昼食をとりおえた彼は、なんだかよくわからない難しそうな本のページをぱらりと捲《めく》った。

「で、大丈夫《だいじょうぶ》だと思う？」

「どうだろうね。俺から見ても姉さんとあの二人は仲良くなってきてる感じはするけど、その差って言われたら、正直わかんないし。そもそも、感情なんて誰《だれ》にも見えないんだから、『仲良くしているように見せかけて、実は相手のことが嫌い』ってのも十分あり得るわけだしね」

セシリアは不安げな顔のまま、サンドイッチを口に運ぶ。温室の硝子越《ガラスご》しに見る空は、今日も綺麗《きれい》な秋晴れだ。

「ま。自分の感覚を信じて突《つ》き進むしかないんじゃない？　答えなんかないんだしさ」

「……そうだよね」

深く頷く。人の気持ちなんてわからないのが普通《ふつう》だ。何を考えて、どう感じて、何を思っているかなんて、せいぜい『わかっているつもりになる』ぐらいしか出来ない。

それなら、ギルバートの言うとおり、自分を信じて突き進むしかないのだろう。

（でも、私。そういうの疎《うと》いからなぁ。気がつかないうちに地雷とか踏《ふ》み抜《ぬ》いてそうだし……）

自分自身の鈍《にぶ》さは、なんとなくわかっている。実家にいたときだって、兵士のハンスと侍女《じじょ》のシャロンが付き合っていることを、たった一人、気がついていなかった。他《ほか》の人間は察していたというのに、『二人、仲が良いなぁ』とぼんやり思うぐらいしかしていなかったのである。

（人の感情っていったら、ギルが何を考えてるのかもいまいちわかんないんだよね）

セシリアは、本に視線を落とす彼を隣から眺《なが》める。

ギルバートは元々表情が豊かな方ではない。怒ったり、笑ったり、幼い頃《ころ》は泣いたりもしていたが、基本は常にすまし顔だ。だから彼が本当は何を考えているか、何を思っているか、セシリアはわかったためしがない。

「だよねぇ……」

（コールソン家のことも、どうするのか知らないし……）

生家に戻《もど》るようにと言われているらしい彼が、どういう結論を出すのか。セシリアはそれを知らないし、察せられもしない。行かないで欲しいと内心では思っているが、それを言ってもいいのかさえも、よくわからないのだ。そもそも、今に至るまで相談さえもされていないのだから、何か思うのさえも余計なお世話なのかもしれない。

「どうしたの？　何かついてる？」

顔を見られていたのに気がついたのだろう、彼は本から顔を上げてこちらを見てくる。

逆にセシリアは視線を落とした。

「えっと……」

「何かあるならちゃんと言っておいてよ」

「後々面倒《めんどう》なことになるのは困るからね」と付け足され、セシリアは視線を彷徨《さまよ》わせた。

聞いてもいいものだろうか。相談されていないということは、もしかしたら言いたくないことなのかもしれないし、セシリアには知られたくないことなのかもしれない。

しかし、ギルバートのことだから、言うほどのことでもないと思っているだけなのかもしれないし、単に忘れているという可能性もある。

「そんなに悩《なや》んで、なに？」

「ギルってさ、その……」

ようやく口を開いたセシリアに、ギルバートは首を傾げる。そんな彼に、彼女はしっかりと向き直った。そうして、重い口を開く。

「あのね。コールソン家に戻る話があるって聞いたんだけど……」

「……誰から？」

「リーンから……というか、噂《うわさ》を聞いたリーンから？」

「あぁ」

驚《おどろ》きの表情を浮《う》かべた後、彼は納得《なっとく》したように一つ頷いた。

この反応だ。コールソン家に戻るという話は本当にあるらしい。

セシリアは膝《ひざ》の上で握《にぎ》りしめていた拳《こぶし》をさらにぎゅっと強く握る。

「それで、あの。ギルは、どうするつもりなのかなぁって、聞きたくて……」

「気になる？」

「ならないといったら嘘《うそ》になります」

緊張《きんちょう》からか、なぜか敬語になってしまう。

そんな彼女を無言で見つめた後、ギルバートはふっと表情を和《やわ》らげた。

「大丈夫だよ。俺は姉さんの側《そば》からいなくなったりしないから」

「本当？」

「本当」

はっきりとそう言われ、身体《からだ》の緊張が解ける。どうやら自分で思っていた以上に、彼が家からいなくなるのが嫌《いや》だったらしい。

「そっか！　よかったぁ！」

ほっとしたような笑《え》みを浮かべると、彼も唇《くちびる》の端《はし》を引き上げて笑う。心なしか嬉《うれ》しそうだ。

（あれ？　でも、どうしてだろう……）

なんだか少し違和感《いわかん》があった。どう言っていいのかわからないが、なんだか言葉が足りない気がする。彼が何かを否定するならば、もうちょっと――……

「セシリア」

「ん？　え。はい？」

その違和感が形を持つ前に、吹《ふ》き飛ばされる。

（え。今……？）

名前を呼ばれたような気がしたが、気のせいだろうか。

目を瞬《しばたた》かせるセシリアに、彼はもう一度それを口にした。

「セシリア」

「はい？」

「好きだよ」

「あ、はい。…………え？」

にっこりと笑って、いつも通りに。しかし、呼び方だけは『いつも通り』ではなかった。たったそれだけのことなのに、後に続く『好きだよ』がいつもと違《ちが》うように聞こえてしまう。

（えっと、今のは……？）

頭が混乱して、耳が熱くなる。どうして名前で呼ばれたのか、それがわからない。

呆《ほう》けるセシリアを置いて、ギルバートは立ち上がった。いつもだったら続けて立ち上がるのだが、混乱した身体には力が入らない。無言で顔を上げれば、ギルバートと視線が絡《から》む。

彼は締《し》まらないセシリアの顔を見て、これまで以上に嬉しそうな顔になった。

「それじゃ、そろそろ教室に帰ろうか」

「あ、……はい」

かろうじてそう答え、差し出された手を取る。

握り返してきた彼の手は、なぜかいつもよりも冷たく感じられた。

第四章 降神祭

地面に等間隔《とうかんかく》に置かれたオレンジ色のランプ。そよ風にはためく蜘蛛《くも》の巣や埃《ほこり》を模した飾《かざ》り。建物に掲《かか》げられているのは黒色の旗で、道の端にはドクロの形をした置物が置いてある。人々は皆《みな》、黒いワンピースや古着をつなぎ合わせた衣装《いしょう》に身を包み、顔にはわざと煤《すす》やすりつぶした実などで汚《よご》れをつけていた。足下《あしもと》ではしゃぐ子どもたちの中には、木で出来たお面をつけている者もいる。


十月二十四日。降神祭・灰の週一日目。

現代のものとは多少違うが、ハロウィンの開催《かいさい》である。


「やっぱりこうなるのね……」

ヴルーヘル学院の入り口にあるアーチ型の門の前でそう肩《かた》を落としたのは、リーンだった。

目の前には純白の煌《きら》びやかな屋根のない馬車。彼女の装《よそお》いも、真っ白で重そうな、修道服をモチーフとした神子《みこ》としてのものである。

その隣《となり》に並び立つのは、黒い軍服のような装いのセシリアだった。

ちなみに、御者《ぎょしゃ》は馬を繋《つな》いだまま書類等の確認《かくにん》でこの場にいない。

落ち込むリーンを励《はげ》ますように、セシリアは彼女の肩を叩《たた》いた。

「まぁ、これぱっかりはしょうがないよ」

「アンタねぇ。人ごとだと思って……」

「人ごととは思ってないけどさ。だってこれ、ゲームのシナリオ通りの展開だし」

困ったような顔でセシリアがそう笑うと、リーンが口をとがらせながらそっぽを向く。『そんなことわかってるわよ』とでも言いたいのだろうか。

降神祭では毎年、神子がプロスペレ王国の首都であるアーガラムを聖騎士《せいきし》と共に馬車で回るのが通例となっていた。しかし、今回は体調不良を訴《うった》えた神子の代わりに神子候補であるリーンがその役目を負うことになってしまったのである。

「こんなの、セシリアがすればいいのに！　私、宝具一つももらってないし、好感度も無駄《むだ》に上げてないのに!!」

「仕方がないよ。今の私は、神子じゃなくて騎士なんだし……」

「でも、ルール上ではセシリアが選ばれるべきでしょう？　こんなの不公平！」

相当やりたくないのだろう、リーンはいつになく不機嫌《ふきげん》な顔で頬《ほお》を膨《ふく》らませる。

ゲームでの降神祭は、いわゆる中間発表イベントになっていた。つまり、この時点までで騎士達の好感度をより集められている神子候補が、神子の代理として騎士とともに街を回る仕様なのである。一緒《いっしょ》に回る騎士は持ち回り制で、『灰の週』の七日間と『明の週』の七日間、それぞれ一日ずつ神子候補について回る。

大変なお役目なのは確かだが実際に拘束《こうそく》されるのは二、三時間程度で、それ以外の時間は学院も休みであるため、完全なる自由時間になっていた。ゲームでは、その日一緒に回った騎士の好感度が高かった場合、デートに誘《さそ》われ、了承《りょうしょう》すればデートイベントが発生する仕様になっていた。

そして、『灰の週』の記念すべき一日目に選ばれた騎士が、セシルだったのである。

「しかも、その服！　私が作った服じゃないし！　ゲームでギルバートが着ていた衣装だし‼　吸血鬼《きゅうけつき》の衣装はどうしたのよ！　セシルには絶対あっちの方が似合うのに！」

「これも仕方ないよ。着ろって配られたやつだし……」

「でも私、頑張《がんば》って作ったのに！」

「それはまぁ、ごめんね？」

そう頭を下げるが、リーンはまだプリプリと怒《おこ》っている。元々、降神祭は騎士だけのイベントなのだ。ヒューイ推《お》しの彼女は、あまり興味がないのだろう。

リーンは不機嫌そうな顔をため息一つで収めると、仕方がないといった感じで腕《うで》を組んだ。

「まぁ、いいわ！　お楽しみの前には困難がつきものよね！」

「……『お楽しみ』って。もしかして何か企《たくら》んでる？」

「それは、ナイショ」

唇に人差し指を当てる彼女は、やっぱり可愛《かわい》らしいヒロインだった。


そうして、『灰の週』一日目が始まったのだが……

「きゃぁあぁ！　セシル様!!」

「あぁ！　なんて麗《うるわ》しいお姿！　素敵《すてき》すぎるわ！」

「眼福ってこういうことを言うのね！　あぁっ、もうだめ私、立っていられない――っ！」

「しっかりするのよ！　サマンサ!!」

（……えっと。これ、どういうこと？）

沿道から発せられる黄色い歓声《かんせい》に、セシリアは馬車の上で頬を引きつらせた。いつもの光景といえばそうなのだが、その歓声を上げている人たちがセシリアとしては大問題だった。

「はぁ。あの男がかい？」

「そうなのよ。うちの娘《むすめ》が夢中になってる小説のモデルらしくて」

「確かに色男だねぇ、旦那《だんな》が霞《かす》んじまうわ。私ももう少し若ければねぇ」

「あら、こっちを見たわよ。噂《うわさ》の王子様」

「実際に見ると、やっぱりいいわねぇ。可愛い男は好みだわ」

「わかるわ。うちの店に来てくれたら、男なんかによそ見させないのに。もったいない」

「あら、アレは創作物よ？　もしかしたら本人は違《ちが》うのかも」

「それじゃ、後からお店に誘ってみましょ」


「わかったわ。これが『尊い』って感覚なのね……」

「ニール様の小説で『受け』と『攻《せ》め』の解釈《かいしゃく》を学んだけれど。どうして！　どうしてなの！　私にはセシル様が『受け』に見える!!」

「大丈夫《だいじょうぶ》よ、ケイ。教祖様《ニール》は、その『萌《も》え』もお許しになっているわ。全《すべ》ては、解釈のなせる業《わざ》！　解釈違いも、また愛なのよ!!」


おばさまから教徒まで。

明らかに学院の生徒ではない人たちまで、セシルに向かって歓声を上げていた。これは大変ゆゆしき問題である。そして、彼らの手元にはやっぱり例の劇物《BL本》があった。

セシリアはブリキ細工のような緩慢《かんまん》な動きで、隣にいる本日の主役に顔を向ける。

「……リーン。これ、どういうこと？」

「それがね、私にも予想外で……」

リーンは頰に手を当てながら、悩《なや》ましげな声を出した。

「なんかね。どこからか、シエルのモデルが、セシルだってバレちゃったみたいで……」

「バレちゃったみたい、って……」

シエルというのは、リーンの本に登場する主人公（攻《せめ》）だ。

ちなみに、オスカーがモデルを務めている主人公（受《うけ》）の名前はオランである。

ヴルーヘル学院の生徒ならば、シエルのモデルはセシルだと誰《だれ》もが知っているのだが、沿道で黄色い声を上げているのは、大半が平民だ。学院の生徒は基本的に貴族で、平民とは一線を画している。だから、シエルのモデルがセシルだと、彼らにはバレないはずだったのだが……

「素晴《すば》らしい作品の前には、平民も貴族も関係ないという事ね！」

ちょっといいことを言っている風だが、自画自賛が過ぎるし、何よりはた迷惑《めいわく》である。

リーンは、沿道の人に微笑《ほほえ》みかけながら、セシリアにしか聞こえない声を出す。

「でもね、これは良い機会だなって思ったの」

「良い機会？」

「私ね、アニメって最強だと思うのよ」

「はい？」

いきなり前世の文化を口にしたリーンに、セシリアは眉根《まゆね》を寄せる。

「映画でも舞台《ぶたい》でもいいわ。とにかく、紙だけの情報よりも、動いてしゃべるってとんでもない情報を持ってるって思うのよ」

「はぁ……」

要領を得ない台詞《せりふ》に、セシリアは眉をひそめる。しかし、彼女はそんなことなどおかまいなしに、胸に手を当て情熱をあらわにする。

「だから考えたの！　私はアンタを全力でセルフ2．5次元にする！　むしろ公式にする」

「はいぃぃいぃぃ!?」

「そうすればほら！　アンタが動く度《たび》に、物語が生まれるし、解釈も生まれる！　誰もが皆、アンタを使って二次創作が出来るのよ!!」

「それはやめて!!　さすがにやめて！　私が生きにくくなる!!」

セシリアは涙目《なみだめ》でリーンを止めようとするのだが、彼女はふっとニヒルに笑うだけだ。

「賽《さい》は投げられた」

「投げないで！　頼《たの》むから投げる前に一言相談して！」

「ちなみに、商業誌第二弾《だん》は近日発売だから！」

「本当にとんでもない情報を予告なしにぶち込んでくるな！」

若干《じゃっかん》泣きそうだ。いや、もう、人目がなかったら本当に泣いているかもしれない。

「内容は、『舞台役者としてスカウトされたシエル。しかし、それがまさか女性の役だった！　本当に女性だと思い惚《ほ》れてしまうクロウ。クロウを牽制《けんせい》するオラン！』みたいな話だから！」

「……私、その話知ってる！　どこかで見た！」

「あらホント偶然《ぐうぜん》ね！」

セシリアは親友の肩《かた》をガクガクと揺《ゆ》さぶる。

「私を舞台に誘ったのは、そういうもくろみがあったわけね！　売るんでしょ！　舞台の袖《そで》でその本売る予定なんでしょ！」

「物語のワンシーンを三次元で見られるって、ホント最高よね？」

にこにこリーンに、怒るセシリア。

騒《さわ》いでいる後方に、御者《ぎょしゃ》がどことなく困った顔をしている気がする。辺りも騒々《そうぞう》しいので話は聞こえていないはずだが、揉《も》めているのはわかるのだろう。

リーンは笑顔《えがお》のまま、人差し指を立てた。

「実はね、もう一つ面白いことを考えてて。それが――」

その時、セシリアの視界に、飛んでくる白い球が映った。リーンの背後からこちらをめがけて一直線にそれは飛んでくる。このままではリーンの後頭部に白い球は直撃《ちょくげき》してしまうだろう。

「リーン！　伏《ふ》せてっ！」

セシリアはリーンを抱《かか》え込む。瞬間《しゅんかん》、セシリアの頭に何かが直撃した。

「――っ!」

何かが当たる衝撃《しょうげき》。そしてそれが砕《くだ》け、どろりとしたものが髪《かみ》にべっとりとついた。

(いた、くは、ないけど……)

「大丈夫⁉」

焦《あせ》ったような声を出したのは、腕の中にいるリーンだった。身体《からだ》を離《はな》すと、彼女はおろおろとセシリアの身体を確かめる。

「なにこのどろっとしたの。って、もしかして今飛んできたのって、卵⁉」

「そう、みたい」

頭から流れるどろりとした白身に、セシリアは困ったような顔になる。飛んできた方向を見れば、何者かの背中が見えた。年齢《ねんれい》は、セシリアと同じぐらいだろう。『灰の週』特有の黒い衣装《いしょう》に身を包んだ彼は、そのまま人混《ひとご》みをかき分けるようにして逃《に》げていく。そして、たまたまその場に居合わせたのだろう、それを追うアインとツヴァイの姿も見えた。

「この卵投げてきたのってもしかして、アンタが前々から受けてる、嫌《いや》がらせの犯人?」

「……かもしれないね」

セシリアはそう頷《うなず》いた。

「悪い。逃げられた」

セシリアが馬車を降りた直後、そう言って頭を下げたのはアインだった。ツヴァイも彼の隣《となり》で荒《あら》い息を吐《は》きながら、彼女達に向かって口を開く。

「追いつきそうだったんだけど、全員同じような服装だったから人混みに紛《まぎ》れて見失っちゃって……」

「フードをかぶってたから、顔も確認《かくにん》できなかったしな」

「……だね」

二人とも必死で追ってくれたのだろう、額に汗《あせ》が滲《にじ》んでいる。

そんな彼らに、セシリアは申し訳なさそうな顔を向けた。

「大丈夫だよ。それより、二人ともありがとう」

「まぁ、あんな場面に出くわしちまったらな。追わないわけにはいかないだろ？」

「でもま、逃がしちゃったわけだけどね」

「それを言うなよ、ツヴァイ」

「だって本当のことだし」

眉をハの字にしながらツヴァイは苦笑《くしょう》を浮《う》かべる。そんな片割れをチラリと見た後、アインはセシリアに向き直る。そして、頬《ほお》についたままになっていた卵白《らんぱく》を指で拭《ぬぐ》った。

「ま、困ったときはお互《たが》い様ってことだ。それよりも、生卵を投げつけるなんてひどい奴もいたもんだな。……大丈夫《だいじょうぶ》か？」

「あ、うん。平気！　怪我《けが》はないよ」

カツラと服は要救護状態だが、身体には何ら問題はない。

そんな彼らの会話に割って入るように、リーンが口を開いた。

「でも、どうされますか？　そのままでは、セシル様は馬車に乗れないでしょう？　こんなことがあった後ですし、今日は中止になさいますか？」

彼女の目がチラリと背後の兵に向く。彼女達を守っていた兵の数は全部で四人。四人ともセシリアが生卵を食《く》らった直後に犯人を追ったのだが、沿道の人をかき分けるのに手間取り、結局は逃がしてしまっていた。

そんな彼らに今後を任せるのが不安なのだろう、リーンの視線は少し冷たい。

「もし、中止されるということでしたら、私から皆《みな》さんにお願いしてみますけれど……」

「それなら、俺が代わりに参加しといてやるよ」

そう胸を叩《たた》いたのはアインだった。

「え？」

「俺がこの服、着てきてよかったな」

彼は着ていた灰色の上着を捲《まく》る。すると中には、セシリアが着ているものと同じような軍服があった。騎士《きし》の衣装は各々《おのおの》で多少デザインは違《ちが》うものの、基本のテイストは同じである。

「今日は別に着る義務はなかったけど、黒い服っての、他《ほか》に持ってなかったしな」

「ちょうどよかったね」

そう言うツヴァイの上着の下にも軍服が見え隠《かく》れする。こちらはほとんど、アインと同じデザインだ。

ツヴァイはアインから受け取った上着をセシリアの肩にかけ、彼女の背中を押した。

「ここはアインに任せて、セシルは一度寮《りょう》に帰って着替《きが》えてこよう？　寮まで送るからさ」

「え？　送るのはいいよ！　道はわかるし、ツヴァイの時間取っちゃうのも悪いしさ！」

セシリアが首を振《ふ》ると、馬車に乗り込もうとするアインから鋭《するど》い声が飛んでくる。

「お前はバカか？　アイツがまだ近くにいないとも限らないんだから、おとなしくツヴァイに甘えておけ！」

「そうですわ。セシル様、送ってもらってください。今一人で行動してはいけませんわ！」

猫《ねこ》かぶりの口調で、リーンも援護《えんご》射撃《しゃげき》を飛ばしてくる。

そして最後には、ツヴァイが笑顔で「だって？」と微笑《ほほえ》んだ。

根負けしたようにセシリアは苦笑を浮かべる。

「それじゃ、……お願いしようかな。三人とも、ありがとね」

そうお礼を言うと、三人はそれぞれに顔を見合って、仕方が無いという感じで微笑んだ。

それからセシリアはツヴァイと共に市井《しせい》を歩いた。

お祭り初日ということもあるのだろう。『灰の週』の名に似合わず、辺りは活気に溢《あふ》れている。服は灰色や黒色といった目立たない色が多いが、人々には満面の笑みが浮かんでいた。

「そういえば、セシルにお礼言ってなかったね」

一番活気のある大通りから一本入った路地裏で、ツヴァイはそうセシリアに話しかけた。

「お礼？」

「うん。セシルがこのブローチ捜《さが》してくれたんでしょ？」

セシリアが首を傾《かし》げると、ツヴァイは胸についている緑色のブローチを指さす。

エメラルド色に輝《かがや》くそれは、以前ツヴァイが倒《たお》れた日にアインとともに捜したものだった。

「アインから聞いたんだ。落としてたのをセシルが捜し出してくれたって。これ、すっごく大事なものだからさ。本当に助かったよ」

「あ。でも、それはアインと……」

「セシル、ありがとうね！」

セシリアの声に被《かぶ》せるようにツヴァイがお礼を言う。雰囲気《ふんいき》的にわざわざ訂正《ていせい》するのもおかしな気がして、セシリアは「あ、うん」と一つ頷いた。

（アイン、記憶《きおく》を共有してないのかな……）

てっきり、記憶を共有しているものだと思っていたセシリアは首をひねる。しかし、少し考えただけで『まぁ、そういうこともあるか』と一人納得《なっとく》をした。

ツヴァイは少し遠くを見ながら、口を開く。

「セシルって、正義の味方みたいだよね。強いし、優《やさ》しいし、面白《おもしろ》いし、なんか変だし」

「……変？」

「良い意味でだよ！　良い意味で！」

そうフォローを入れてくれるが、『良い意味で変』というのはどうなのだろうか。喜んでいいことなのだろうか。

「だから、アインもセシルと仲良くするんだろうね」

「……ん？」

「アインさ。ああ見えて、人見知りなんだ。実は、僕の数倍人見知り」

意外な事実に、セシリアは大きく目を見開いた。そんな彼女を視界の端《はし》に留めたままツヴァイは続ける。

「小さい頃《ころ》はそうでもなかったんだけどね。とある人に裏切られてからかな、誰《だれ》のことも信用しなくなっちゃって……」

「裏切られた？」

「うん。……うちの実家にね、長く勤めてた使用人がいたんだ。『カディおじさん』って僕らは呼んでたんだけど……」

「――あ！」

その時、セシリアの脳裏《のうり》にアインとの会話が蘇《よみがえ》ってくる。アインの話によると、彼らの母親を殺した犯人は『カディ・ミランド』。マキアス家の使用人をしていた人物だった。

セシリアの反応に、ツヴァイは彼女の方を向いたまま目を丸くする。

「もしかして、アインからこの話聞いたの？」

「あ、えっと……」

「……セシルは嘘《うそ》がつけないね」

ふっと悲しげに笑って、ツヴァイは視線を前に戻《もど》す。

「別にいいよ、地元じゃ有名な話だから。僕らだけの秘密ってわけでもなかったし」

「なんか、ごめんね？」

「なんでセシルが謝るんだよ」

困ったようにツヴァイは笑う。そして、眉《まゆ》をハの字にしたまま視線を落とした。

「でね、そのおじさんとアインはすごく仲がよかったんだよ。馬の乗り方とか、ブラシのかけ方とか、アインはいろいろ教えてもらってた。……なのにさ、おじさんが母さんを――」

その後の展開は聞かなくてもわかった。部屋に押し入ったカディは、ツヴァイを襲《おそ》い、それを庇《かば》った彼らの母親を代わりに殺してしまった。

「アインって、父さんとはあんまり折り合いが良くなかったんだ。まぁ、アインは嫡子《ちゃくし》だし、父さんもいろいろ期待してたから厳しくしちゃってたんだろうね。……だから、カディおじさんはアインのもう一人の父さんみたいな感じでさ」

ツヴァイは下唇《したくちびる》を噛《か》みしめる。

「それからアインはあんまり人のこと信用しなくなっちゃったんだよね。根は……」

そのままツヴァイは黙《だま》る。静かになった彼の言葉を引き継《つ》ぐように、セシリアは口を開いた。

「根は、人のことが大好きなのにね？」

その言葉に彼は驚《おどろ》いたような顔になった後、片眉を上げて唇を引き上げた。

「そんなことまでわかってるんだね」

「なんとなく、だけどね」

「……そっか」

そう言った後のツヴァイの表情がどういう感情で作られたものか、よくわからなかった。

寂《さび》しさなのか、悔《くや》しさなのか、驚きなのか。

よくわからなかったけれど、一瞬《いっしゅん》だけ苦しそうな顔をした彼は、すぐに元の優しい顔に戻る。

「着いたね」

顔を上げると、学院前だった。話に夢中になりすぎていて、ここまで来たことに全く気がついていなかったらしい。立ち止まったツヴァイは、握手《あくしゅ》を求めるように手を伸《の》ばしてくる。

「これからもよろしくね。セシル」

「あ、うん」

その手を握《にぎ》り返せば、彼は儚《はかな》く笑って「それじゃ」と踵《きびす》を返した。

いつもは人が大勢いる学院内も、降神祭で学院が休みということもあり閑散《かんさん》としていた。祭りに興味がある者は出払《ではら》っているし、そうでない者は短かった夏休みを補うように実家に帰っているからだ。

セシリアは人のいない学院の敷地《しきち》内を寮に向かって歩く。その足取りは、あまり軽いとは言えなかった。

(なんかツヴァイ元気なかったな……)

当然と言えば当然なのかもしれないが、過去の話をする彼の表情はどこか陰鬱《いんうつ》としていた。それがただ単に悲しんでいるというだけの表情ならば、セシリアもなんとも思わなかったのかもしれない。しかし、彼の表情にはどこか別の含《ふく》みも混じっている気がしたのだ。

(ま、それもよくわかんないんだけどね。気のせいかもしれないし……)

「そんなところで何をしてるんだ？」

突然《とつぜん》背中に声がかかり、振《ふ》り返る。するとそこには、オスカーの姿があった。

「あ、オスカー！　どうしたの？　お祭りでも見てきたの？」

「いや、祭りの方には行っていない。ちょっと父上に呼び出しを食《く》らってな」

国王からの呼び出しということは、王宮に行っていたのだろう。同じ街にあるとはいえ、その距離《きょり》は馬車でも一時間以上かかる。本当に、忙《いそが》しい王子様だ。

「――というか、なんでここにいるんだ？　今日リーンと回るのは、お前だったはずだろ？」

「あはは……。実は、卵をぶつけられちゃって……」

「は、卵？」

「うん。多分、ここ最近、俺に嫌《いや》がらせしてきてた人だと思うんだけど……」

セシリアが上着を捲《まく》ると、オスカーの眉間《みけん》に皺《しわ》が寄った。そうしてセシリアは先ほどあったことをオスカーに話す。たった一分程度の話にもかかわらず、その間にオスカーの眉間の皺はさらに一本増えた。

「それは警備態勢に問題があったな」

「教会がつけてくれた兵士さんだから仕方ないけどね。訓練もそんなに積んでない人たちだろうし……」

「いや、その辺りはこちらから正式に抗議《こうぎ》しておこう。ただ、兵を貸し付けると言って、向こうが素直《すなお》に聞いてくれるかどうかはわからないけどな」

プロスペレ王国は、神子《みこ》が所属するカリターデ教を国教とは定めていない。それは国民の信《しん》仰《こう》の自由を保障し、宗教と政《まつりごと》を切り離《はな》すという二つの目的があるためなのだが、国民の九割がカリターデ教を信仰しているため、ほとんど形骸《けいがい》化しているのが現状だ。

国王が最高位聖職者である神子の言葉を無視できないのも、カリターデ教の最大の催《もよお》し物である降神祭を、国を挙げて開催《かいさい》するのも、神子を選抜《せんばつ》するための『選定の儀《ぎ》』をヴルーヘル学院で執《と》り行う許可を出しているのも、その辺の事情が起因しているためである。

「『宗教行事に国が口を出してくるな!』とか言われそうだよね」

「確かに。俺たちが協力しなければ、こんな風に降神祭も出来ないというのにな……」

セシリアの言葉にオスカーは眉間を揉《も》む。

カリターデ教と王族の微妙《びみょう》な状態は、次期国王の肩《かた》にも重くのしかかっているらしい。

「それで? 今から寮《りょう》に戻って着替《きが》えるのか?」

「うん。このままじゃ目立っちゃうからね」

「それなら、俺も一緒《いっしょ》に行こう」

思いも寄らぬ提案に、セシリアは目を見開いた。そんな彼女をオスカーは優しく見下ろす。

「お前に卵をぶつけた奴《やつ》は十中八九学院の生徒だろう? 着替えなんかしているときに襲われてもいけないからな。部屋の外で見張っといてやる」

「それは心強いけど、……でも、いいの?」

「あぁ、この後は別に用事もないしな」

そんなことを言いつつもやることはいっぱいあるだろうに、彼は事もなげにそう言い、セシリアの隣《となり》に並び立つ。

「ありがとう。じゃぁ、お言葉に甘えようかな」

その言葉にオスカーは「あぁ」と頬《ほお》を引き上げた。

オスカーを部屋の前に立たせたまま、セシリアは服を着替える。幸いなことに、カツラは汚《よご》れを拭《ふ》き取ればなんとか見られる状態になったが、軍服とその上に着ていたアインの上着は、結構汚れてしまっていた。

(カツラも一度、しっかり洗っちゃいたいし、今日はもう祭りとかにも行かずに寮でおとなしくしてた方がいいな……)

一年に一回の大きな祭りなので楽しみにしていたのだが、こうなってはもう仕方がない。

新しいシャツに袖《そで》を通しながら、セシリアは扉《とびら》の外に立つオスカーに声をかけた。

「なんか、ごめんね？　王子様にボディガードみたいなことさせちゃって……」

『それはいい、気にするな。それに、好きな相手を守りたいと思うのに、立場なんて関係ないからな』

さらりと言われた言葉に、セシリアは固まる。そして頬を熱くしたまま、強張《こわば》る声を出した。

「オ、オスカーって、そういうの結構はっきり言うよね……」

『はっきり言ったらいけないのか？』

「いや、まぁ。普通《ふつう》は恥《は》ずかしがるんじゃないかなぁと……」

二人を隔《へだ》てる扉の存在に感謝しながら、セシリアは胸元《むなもと》のボタンを留める。

そうして、前々から聞いてみたかったことを、思い切って口にしてみることにした。

「あ、あのさ！　俺、男なんだけど！」

『なにがだ？』

「いや、だからあのね。俺、男なんだけど！　オスカーは、それでも俺のこと好きなの？　それとも、リーンの小説に影響《えいきょう》されちゃって、男の人が気になってるとか、そういう……」

『はぁ？』

呆《あき》れと怒《いか》りが混ざったような声が聞こえて、首がすくむ。

黙ってしまったオスカーにセシリアが言葉を探していると、突然、大きなため息が扉の外から聞こえてきた。

『それは、俺の性的指向の確認《かくにん》をしているのか？』

「まぁ、はい」

『お前はまさか、俺が男が好きで、お前が男だから告白したと思ってるのか？』

素直にイエスとは言いにくい質問だ。『セシルが男だから、好きだと言い出した』とまではさすがに思っていないが『男なのに大丈夫《だいじょうぶ》!?　もしかして、男が好きなの!?』ぐらいには思っている現状である。

オスカーはまた扉の外で大きくため息をつく。

『……例えば』

「ん？」

『例えばの話だぞ？』

妙《みょう》にしっかりと前置きをして、彼は話しはじめる。

『例えばお前が女だとして。それでも俺は、お前のことを好きになっていたと思うよ』

「……」

『むしろ、いろんなことがスムーズだっただろうな。こうやって相手に誤解もされなかっただろうし』

痛いところを抉《えぐ》られ、セシリアは「う……」と胸を押さえる。

それが伝わったのだろうか、扉の向こうで彼はふっと息を漏《も》らした。そして、いつもより落ち着いた声を出す。

『性別は、相手に好意を寄せるきっかけになるかもしれないが、一度好きになったものを嫌《きら》いになる理由にはならないだろう？　……少なくとも、俺にとってはそうだ』

「オスカー……」

『お前の、妙に正義感が過ぎるところとか、いつも明るくて素直なところとか、誰《だれ》でも許してしまうその心根の優《やさ》しさとか、無邪気《むじゃき》な仕草とか……』

一呼吸。

『俺に笑いかけてくれる、その屈託《くったく》のない笑《え》みが好きだよ』

「……」

『それは、お前が女だろうが男だろうが、関係ないだろ？』

「そう、だね……」

かろうじて頷《うなず》くことしかできない。はっきりとした告白に、耳が、頰が、身体《からだ》が、熱くて仕方がない。鏡で確認していないが、これは相当赤くなっているのではないだろうか。

『セシル。もう、着替え終わったか？』

「あ、うん」

『なら開けるぞ』

「ちょ、ちょっとまって！」

服も着ているし、カツラもつけているが、この真っ赤になった顔を見られるのは恥ずかしい。セシリアは入ってこようとするオスカーを止めるため、扉を押さえようとする。しかし、彼の方が先に開けてしまい、セシリアはそのままの勢いで彼の胸に飛び込んでしまった。

「あ、ごめ！」

すぐに身体を離そうとするが、抱《かか》え込まれる。背中と後頭部に回った手が、まるで逃《に》がさないというようにぎゅっと力を増した。

（心臓が、うるさい——）

それが自分の音なのか、彼の音なのか、あるいは二人の音なのか、それさえもわからない。

混乱したセシリアの耳に、オスカーの真剣《しんけん》な声が届く。

「一度、ちゃんと考えてみてくれ。立場とか、性別とか、いろんなことを抜《ぬ》きにして。お前が、俺をどう思っているのかを、ちゃんと……」

「……はい」

思いのほか声が震《ふる》えた。いつも通りに振《ふ》る舞《ま》いたいのに、いつも通りがよくわからない。

「約束だぞ？　次『男だから～』とか言い出したら、承知しないからな？」

「わ、わかった！　ちゃんと考えるから！」

彼の服を握《にぎ》りしめながらそう叫《さけ》ぶと、オスカーの腕の力が弱まる。そうして、後頭部に回っていた手が、呆《ほう》ける彼女の頭を撫《な》でた。

「それじゃ、俺はもう行く。犯人、捕《つか》まってないんだから気をつけろよ？」

言うだけ言って、オスカーは背を向けて去って行く。その背中が見えなくなるまで見守った後、セシリアは未《いま》だに火照《ほて》る額を壁《かべ》にくっつけた。

「『ちゃんと』って。どうしよう……」


その翌日。降神祭・灰の週二日目、午後。

昨日代わってもらったお礼にとアインの代わりに馬車に乗ったセシリアは、お役目の終わったリーンと一緒《いっしょ》に大通りを歩いていた。セシリアは黒い軍服のままだが、リーンはもうすでに着替《きが》えており、黒いワンピースのようなドレス姿になっている。

リーンは人差し指を立てながら得意げに口を開く。

「灰の週は基本的に、悪魔《あくま》に支配されていた日々を表すもので、収穫《しゅうかく》祭と一緒になる前は、一年に一回の質素倹約《けんやく》に努める期間として捉《とら》えられていたそうよ」

「へぇ」

「昔は禁煙《きんえん》や断食《だんじき》なんかもしていたらしいわ。多くの欲を断《た》つことで、苦しかった頃《ころ》に立ち戻《もど》り、今の幸せを与《あた》えてくれた女神《めがみ》に改めて感謝する祭りだったとかなんとか……」

「ふーん」

「収穫祭と一緒になってからは、様子が変わったみたいだけれどね。灰の週は形だけ、明の週はより盛大《せいだい》に。貴族の人たちには、仮面舞踏《ぶとう》会みたいな仮装を楽しむ習慣が出来たらしいわ」

「そうなんだー」

「……なんかアンタ、心ここにあらずって感じね」

「え!?」

自信満々に出していた人差し指を収めて、リーンはいぶかしげに眉《まゆ》を寄せた。そうして「なにかあったの？」と顔を寄せてくる。そんな鋭《するど》い彼女にセシリアは飛び退《の》いた。

「べ、別になにもないよ！」

「馬車に乗ってる時もぼーっとしているように見えたけど……」

「気のせいじゃないかな？　もしかしたら、疲《つか》れてるのかも！」

「……本当に？」

じっと見つめてくる二つの眼《め》からセシリアは目をそらす。いくら親友といえど『オスカーに告白された件について思い悩《なや》んでいました』とバカ正直には言えなかった。単純に恥ずかしいし、オスカーにだって悪いだろう。

あれから、セシリアは食事も満足に取れないほど、オスカーについて『ちゃんと』考えている。夜も考えすぎて目がさえて眠《ねむ》れなかったし、ぼーっとする時間も多くなった。しかし、いくら考えても、まだオスカーに対するちゃんとした答えは出ていなかった。

（心配してくれるリーンには悪いけど、もう少し一人で……）

「もしかして、愛の告白でもされた？」

ゴンッ、と頭が建物の柱にぶち当たる。

信じられない顔でリーンを見れば、彼女はニヤニヤとした笑みを浮《う》かべながら「アンタわかりやすいわねぇ」と腕《うで》を組んだ。

「いや、これは！　あのね!!」

「意外とあっさり言ったのね。私はもう少し外堀《そとぼり》埋めてからだと思ってたわ」

「そ、外堀って……」

まるでオスカーの気持ちを知っていたかのような口調に、セシリアは狼狽《うろた》える。以前保健室で告白されたことも、もちろん誰にも言っていなかったからだ。


「リーン、知ってたの？」

「知っていたというか、見てればわかるでしょ」

「そうなの？」

「どこからどう見てもそうじゃない！　むしろなんで今まで気づかなかったの？　って感じよ」

あっけらかんとそう言う彼女に、セシリアは視線を落としながら「そう、なんだ……」と零《こぼ》す。そんなにわかりやすく接してくれていたのに、セシリアが彼の気持ちに気づいたのは告白されてからだ。セシルの正体に気がつかないオスカーを鈍感《どんかん》だ、鈍感だ、といつも思っていたが、これでは人のことは言えないだろう。

リーンはすっきりとした顔で唇《くちびる》を上げる。

「でも意外だったわ。案外こらえ性《しょう》がない奴《やつ》なのね、ギルバートって」

「え？」

「ん？」

セシリアはこれでもかと首をひねる。

「なんでそこでギルの名前が出てくるの？」

「なんでって。とうとう告白されちゃったんでしょ？　ギルバートに」

その瞬間《しゅんかん》、時間と呼吸が止まった。セシリアはリーンに向けていた視線をゆっくりと地面に向ける。そうして、三分ほど固まった後、空を見上げ、首を傾《かたむ》けた。

「いま、なんて？」

「だから、ギルバートから告白されたんでしょ？」

「はぁあぁ!?」

あまりにも大きな声に、歩いていた周りの人たちが振り返る。しかし、痴話喧嘩《ちわげんか》だと思ったのか、すぐに興味をなくしたように彼女達から視線を外した。

「いや、意味がわからないんだけど。ギルが告白って！」

「あら。違《ちが》うの？」

「ち、違う！　いま言ってるのは、オスカーの話で！」

「あぁ、そっち？」

「そっちって……」

セシリアは額を押さえる。予想だにしない名前が出てきて、頭が痛くなってきたのだ。

「そもそもなんで、告白って話題にギルが出てくるの……」

「そんなの決まってるでしょ」

「え？」

「アレはどう見ても、女性としてアンタのことが好きでしょ？」

人は混乱が過ぎると頭になにも浮かばなくなる。その事実をセシリアはいま初めて知った。

「アンタが女だと知らないジェイドとかモードレッド先生とかは気づいてないでしょうけど、ダンテとか、グレースとかは当然気がついてると思うわよ！」

「意味わかんない！　ギルから見たら、私お姉ちゃんだよ⁉」

周りに聞こえないように声を潜《ひそ》めながら、それでも必死にセシリアは言葉を重ねる。

「でも義理でしょ？　ギルバートからしたら、アンタなんて一緒に住んでるだけの、ただの親《しん》戚《せき》のお姉さんよ！」

「そ、それはそうかもしれないけど……」

それを言われてしまえばお終《しま》いだ。そもそもセシリアとギルバートは、いずれ王妃《おうひ》となる人間と、それを支える大貴族の嫡子《ちゃくし》という間柄《あいだがら》である。基本的に二人とも、子どもの頃から目が回るほど忙《いそが》しかったし、一緒に遊んだ記憶《きおく》は……あまりない。

「というか、アンタも多少はギルバートの言動にドキッとしたことあるんじゃない？」

「それは……」

セシリアは視線を逸《そ》らす。そんな彼女にリーンはしたり顔で詰《つ》め寄った。

「ないとは言わせないわよ。だってアンタの前世の推《お》し、ギルバートだったじゃない！」

その言葉にセシリアはぐっと言葉を詰まらせる。そして、頬《ほお》を染めたまま「いや、まぁ、そうだけどさ……」と肯定《こうてい》した。しかし、こうも続ける。

「いやでも、私、リーンとは違うもの」

「なにが？」

「リーンは推し＝《イコール》好きな人だったのかもしれないけど、私は別にそういうんじゃなくて……」

「いうんじゃなくて？」

リーンは疑問符《ぎもんふ》を頭に浮かべる。

「ほら、ギルってさ。ゲームではセシリアに次ぐぐらいの不遇《ふぐう》キャラだったじゃない？」

不幸な少年時代のせいで、引きこもりキャラとしてゲームに登場するギルバート。そんな彼だからなのか、自身のルート以外では登場もほとんどなく、トラウマも克服《こくふく》できないまま、まったく幸せになれずに終わるキャラクターだった。

「だから、リーンとくっついて幸せになってくれたら嬉《うれ》しいなぁって。そう思ってたんだよね。でも、現実のヒロイン《ヒロイン》、こんなだし……」

「こんな、って言うな！」

セシリアの失礼な言葉にリーンは半眼になる。

「だからアンタは、できるだけ幸せにしてあげようってギルバートに優《やさ》しくしてたってわけ？」

「まぁ、そういうことになるのかな……」

「本当にそれだけ？」

「それだけ、だよ？」

口を尖《とが》らせてはっきりと肯定はしてみるものの、本当にそれだけなのかは自分でもよくわからなかった。確かに、彼と一緒《いっしょ》にいてドキッとさせられたことは一度や二度ではないし、前世で一番やりこんだキャラクターは間違いなくギルバートだ。それに、肩《かた》の怪我《けが》を診《み》てもらったときや、名前を呼ばれたときだって――……

（というか、なにリーンの言葉を真に受けてるんだろ……）

セシリアはそこでハッと我《われ》に返った。

ギルバートがセシリアのことを好きだというのが、そもそもリーンの勘違《かんちが》いだろう。彼がセシリアに甘いのだって、不出来な義姉《あね》を放《ほう》っておけないからだ。それ以外に理由なんてあるはずがない。

冷静さを取り戻《もど》したセシリアの背中をリーンは叩《たた》く。

「ま、お互《たが》いに二度目の人生、後悔《こうかい》のないように生きましょ！」

「……リーンは後悔がないように生きすぎだと思うけど」

「あら。でもここで、私が遠慮《えんりょ》して好きなことしなかったら、アンタは悲しむでしょう？」

さすが、前世からの親友だ。振《ふ》り回されているときは『嫌《いや》だ』『やめて』と言っているが、彼女が自分に遠慮して好きなことが出来なかったら、それはそれで嫌なのだ。

セシリアが苦笑いで「……まぁね」と頷《うなず》くと、リーンも笑って「アンタのそういうところ大好きよ」と返した。

「それで、リーンは今からどうするの？　何か用事があるの？」

セシリアがそう聞いたのは、二人で遅《おそ》めの昼食をとったあとだった。オープンテラスの落ち着いたカフェで、リーンはシフォンケーキに刺《さ》そうとしていたフォークを止め、にっこりと可愛《かわい》らしい笑《え》みを浮かべる。

「もちろん、ヒューイくんとデートよ！」

「……なんか本当に人生楽しんでるね」

「そうよ。セシリアも見習いなさい！」

ふふっと嬉しそうに笑って、彼女はシフォンケーキを口に運ぶ。頬に手を当てて『美味《おい》しい！』を表現する彼女は、本当に生き生きとしている。

セシリアも頼《たの》んでいた紅茶に口をつけた。

「セシリアは何か予定ないの？　というか、娘《むすめ》の晴れ舞台《ぶたい》だし。おじさまとおばさまも来てるんじゃない？　会わないの？」

「や、やめてよ！　来てるわけないでしょ！　それに来てたって会えないよ」

「なんで？」

「なんでって。この格好だし……」

セシリアはそう言って、自身の服の裾《すそ》をつまんでみせる。その瞬間、リーンの目が大きく見開かれた。

「え？　もしかしてアンタ、男装して学院に通ってること、ご両親に言ってないの？」

「そうだけど。……というか当たり前でしょ！　お父様とお母様がいくら優しくても、さすがにこんな格好で学院に通うの、許してくれるはずないし！」

「どうやって？」

「え？　……どうやって？」

セシリアが首をひねると同時に、リーンも首をひねる。

「公爵《こうしゃく》家の情報網《じょうほうもう》相手にそんなことが出来るはず……」

「あら？　リーンさん！」

明らかに聞き覚えのある声がして、二人はその方向を見る。そこには、セシリアと同じハニーブロンドを靡《なび》かせる女性と、セシリアと同じサファイアの瞳《ひとみ》を持った男性の姿があった。そして、後ろには二人を守る護衛の騎士《きし》。

（お父様、お母様!?　それに、ハンス兄!?）

噂《うわさ》をすればなんとやら。そこにいたのはセシリアの両親だった。

悲鳴を上げてしまいそうになるのを必死に堪《こら》え、彼女は思いっきり顔を背《そむ》ける。三人はセシリアの存在にまだ気づいていないようで、目の前に座る娘の存在を無視したまま、リーンの方へ近づいてきた。

「ご無沙汰《ぶさた》しております、ルシンダ様」

リーンはすかさず立ち上がり、ルシンダに頭を下げた。ルシンダが「お久しぶりね」と微笑《ほほえ》むと、今度は隣《となり》の男性——セシリアの父親がリーンに近づいてくる。

「そうか、君がセシリアの友達のリーンさんか。私はシルビィ家当主のエドワード・シルビィだ。娘がいつもお世話になっているみたいだね」

「とんでもございません。セシリア様には、いつもよくしてもらっております」

差し出された手を握《にぎ》り返しながら、リーンはおっとりと微笑む。先ほどまでの彼女をまったく感じさせない、完璧《かんぺき》な猫《ねこ》かぶりだ。『アンタ』から『セシリア様』への高低差がすさまじい。

「えっと、お二人はどうしてこちらへ？　降神祭を見に来られたんですか？」

「そうなんだよ。実はね、いまギルバートを振り切ってきてね」

「はい？」

あまりの意味のわからなさに、リーンの口からそんな言葉が飛び出す。すると、夫の言葉を肯定するようにルシンダもにっこりと頬を引き上げた。

「降神祭を案内してくれるって話だったのだけれど、『あっちへは行くな』『こっちは危険だ』って少しも自由に回らせてくれなくて。口うるさいから撒《ま》いてきちゃったの！」

「ハンスもいるから大丈夫《だいじょうぶ》だって言ったんだが。アイツは、ほんと心配性《しんぱいしょう》だからなぁ」

声を上げて笑うエドワードと微笑むルシンダを見ながら、リーンは顔を背けたままのセシリアに声を潜《ひそ》める。

「なんか、この両親の下《もと》にアンタが生まれた理由がわかった気がするわ」

「わ、私は二人ほど考えなしじゃないからね！」

「私からしたらどっちもどっちよ」

吐《は》き出すようにそう言った後、リーンはさらにこう続けた。

「ここは私が気を引いといてあげるから、その間に逃《に》げなさい。まだ、ご両親にバレたくないんでしょ？」

「本当に⁉　ありがとう、リーン！」

「アンタには、貸しを作っておく方が後々楽しくなるからね」

そんな不穏《ふおん》なことを言っているが、今は感謝しかない。

再び話しはじめた三人を視界の端《はし》に置いたまま、セシリアはそっと席から腰《こし》を浮《う》かせた。しかし、逃げようとしたその時、後ろに控《ひか》えていたハンスとバッチリ目が合ってしまう。

「どこかへ行かれるのですか？」

「あ、あの……」

「失礼ですが、お名前をお聞かせいただいても？」

こそこそしていたのが気になったのだろう、目の前にいるのがセシリアだと知らない彼は、冷え切った目で彼女を睨《にら》み付けてくる。いつもはにこやかな顔で『元気ですか、お嬢様《じょうさま》！』『次の訓練は大変ですよ、お嬢様！』と構ってくれる彼だが、不審者《ふしん》にはそうもいかないらしい。

セシリアは必死にハンスから顔を逸《そ》らす。しかし、その逸らした先が悪かった。今度はエドワードとルシンダにバッチリ顔を見られてしまう。

（やば……）

そう俯《うつむ》いたときにはもう遅かった。二人はセシリアの顔を見るやいなや大きく目を見開き、互いに顔を見合わせる。

「もしかして、そこにいるのは……」

「いや、あの……」

「セシリアじゃない！」

（やっちゃったー!!）

ぶわっと冷や汗《あせ》が額から溢《あふ》れた。思わぬ失態に瞬《まばた》きの回数が異常に多くなる。

（このままだと、やばい……）

なんて格好しているのだと家に連れて帰られ、その上で神子《みこ》候補だとバレてしまい、すったもんだがあった末にセシリアの姿で学院に戻《もど》され、そうしてバッドエンドという名のデッドエンドへ……

頭の中で巡《めぐ》る未来予想図に、セシリアの目がぐるぐると回る。

(なんとかして、誤魔化《ごまか》さないと!!)

そう顔を上げた時――

「かっこいいわねぇ。さすが私の子ね！」

「ギルバートから話は聞いていたが、本当に男の格好をして学院に通ってるとはなぁ。似合ってるぞ、セシリア！」

「…………はい？」

二人の反応にセシリアは固まった。正面にいるリーンも頰《ほお》を引きつらせている。

「え？　ギルから……聞いてた？」

「あら、これって言っちゃいけないやつだったかしら？」

「そうだったかもなぁ。ま、本人いないんだし、いいだろ？」

はっはっは、と元気に笑う父親と、ふふふ、と楽しそうに笑う母親。想像していたとおりなのは「お、お嬢様!?　なんて格好をされてるんですか!?」と狼狽《うろた》えるハンスだけである。

(どういう、こと……？)

もう何が何だかわからない。

泣きそうな顔で混乱していると、セシリアの耳に今一番聞きたい声が聞こえてくる。

「ったく、捜《さが》しましたよ。なんでこんなところにいるんですか……あ」

人混《ひとご》みをかき分けてギルバートが現れる。彼は、目の前の光景にしばし固まり「あー……」

とらしくない間延びした声を漏《も》らした。

「……ギル、どういうことか説明してくれる？」

震《ふる》える声でそう言うと、ギルバートは額を押さえたまま「わかった」と頷《うなず》いた。

「そもそもヴルーヘル学院に『名前や身分を偽《いつわ》ってはいけない』とか『女子生徒は女子の制服を着なければならない』とか、そういう規則はないわけ」

先ほどまでリーンが座っていた席で、ギルバートは口を開く。

正面には眉《まゆ》をハの字にしているセシリア。周りには、リーンも、両親も、ハンスでさえも、もういない。皆《みな》それぞれにデートや観光に散ってしまった後だからだ。

「それぐらいは私も知ってるよ。というか身分や名前云々《うんぬん》は当たり前だからで、制服の件に関しては、今までそういうことをした人がいなかったから規則に書かれてないんだよね？」

この辺りは入学する前にギルバートと何度も確認《かくにん》したところだ。万が一、男装がバレたとき、いくらでも言い訳が出来るように『規則的にはなにも問題がない』を固めておいたのだ。

「そう。だけど、ここで問題になってくるのが、学院を管理しているクレメンツ伯爵《はくしゃく》の存在なわけ……」

「クレメンツ伯爵が？」

「規則で問題なくても、公爵令嬢が男装して――しかも身分を偽って学院に入ってきたら、大問題でしょ？　彼の立場を考えたら、国王様か生家のシルビィ家にすぐ連絡《れんらく》を取るはずだよ」

「え。でも、今は……なにも……」

「そう。だから、黙《だま》らせたの。権力と、お金の力で」

さらりとんでもない言葉が聞こえた気がして、セシリアは黙る。

驚愕《きょうがく》の表情を浮かべる彼女を視界の端に留めながら、ギルバートはさらに続けた。

「クレメンツ伯爵家の嫡男《ちゃくなん》がギャンブル依存だって話は俺でも知っているし、お金に困っているだろうってことは容易に想像がついたからね。資金援助《えんじょ》って形でお金を用意して、その代わりに黙ってもらうことにした。だけど、俺が動かせるお金ってなるとたかがしれてるから……」

「それで、事情を話して、お父様とお母様に頼《たの》んだってこと？」

「まぁ、セシリアが入学するのに合わせて資金援助を申し出るって話は前々からあったからね、それに条件をつけてもらったって形だよ」

話によると、クレメンツ伯爵に出した条件は、

『うちの娘《むすめ》が男装して通っていることは、誰《だれ》かに聞かれるまで黙っておくように』

『男子生徒として何不自由なく過ごせるようにいろいろと取り計らって欲しい』

の二つだという。

なので、もし国王から『セシリア嬢が男装して、そちらに通ってる？』なんて聞かれれば『イエス』と答えていいし、シルビィ家が頼んできたことを伝えてもいいのだから、何かあったとしても責任を取る必要もない。

クレメンツ伯爵側にしてみれば、黙っているだけで多額の資金援助が受けられるのだ。それなら、口をつぐむことを選ぶだろう。

「ルシンダ様とエドワード様は、国王様とは竹馬の友だし。まぁ、ある程度無茶《むちゃ》しても許されるだろうって考えもあったんじゃない？」

協力してくれた理由をそう話す彼に、セシリアは前のめりになる。

「ちょ、ちょっと待って！　お父様とお母様にはなんて言ったの？　事情を話したって、まさか前世の話は――」

「してるわけないでしょ。……二人には、『「見聞を広めるため、仮の身分で学院に入りたい」ってセシリアが言ってる』って伝えてる」

「え？　……それ、二人とも信じたの？」

「ルシンダ様なんか、涙《なみだ》を流しながら喜んでたよ。『やっと王妃《おうひ》になる自覚が出てきたのね』って。エドワード様も『国を動かす人間の一人になるんだから、見聞は広めておかないとな！　そのためになら、金ぐらいいくらでも出すぞ！』って言ってたし……」

「……お父様、お母様」

娘に甘い、甘い、とは思っていたが、本当にこれは相当な甘さだ。本来ならばこの過ぎた溺《でき》愛《あい》でセシリアが我が儘《まま》し放題の悪女となってしまうのだが、今回に限ってはそれがいい方向へと動いてくれていた。

セシリアはほっとしたような顔で椅子《いす》の背もたれに身体《からだ》を預けた。

「でも、それなら早く言ってくれればよかったのに！　そうしたらもっと、のびのびと――」

「それだよ」

「え？」

「最初からシルビィ家が後ろ盾《だて》になっているって知ってたら、今以上に無茶してたでしょ？　だから、あえて言わなかったんだよ。これ以上にのびのびされたら、俺じゃフォローできなくなるからね」

真面目《まじめ》に怒《おこ》るトーンでそう言われ、セシリアは「……はい」と申し訳なげに身体を小さくした。本当に、ごもっともである。

ギルバートは呆《あき》れたように深く息をつくと、視線を手元のカップに落とした。

「ま、知っちゃったものは仕方がないけど。これからもシルビィ家の後ろ盾はないものだと思って動いてね。なにかあったときに責任を問われるのは、セシリアじゃないんだから」

「……………あのさ、ギル」

セシリアの呼びかけにギルの顔が上がる。その瞬間《しゅんかん》、セシリアの視線が逆に下がった。

「ちょっと話変わっちゃうんだけど、いいかな？」

「どうしたの、セシリア？」

「さっきから思ってたんだけど、……その呼び方、定着する感じ？」

セシリアはこわごわとそう聞く。『その呼び方』というのは、ギルバートの『セシリア』呼びのことだ。初めて名前を呼んだあの日から、彼はずっとセシリアのことを『姉さん』ではなく『セシリア』と呼んでいる。どういう心境の変化だろう……と疑問には思っていたのだが、今まで気恥《きは》ずかしくてなかなか聞けなかったのである。

「ダメだった？」

「ダメって言うか。名前で呼ばれると、お姉ちゃんって感じがしないなぁって」

「まあ、実際に姉とは思ってないしね」

ギルバートは困ったように笑う。

その笑《え》みを見ていると、セシリアの脳裏《のうり》に先ほどのリーンの言葉が蘇《よみがえ》ってきた。

『アレはどう見ても、女性としてアンタのことが好きでしょ？』

『ギルバートからしたら、アンタなんて一緒《いっしょ》に住んでるだけの、ただの親戚《しんせき》のお姉さんよ！』

（ギルが私のことを『お姉ちゃん』と思えないのは、私が頼《たよ》りないから……だよね）

先ほど聞き流した親友の言葉にドギマギしてしまう。そんなことはまずあり得ないだろうとは思っているのだが、妙《みょう》に首筋が火照《ほて》ってきて、つられるように顔も熱くなった。口の中だってなぜか乾燥《かんそう》してきたように感じてしまう。

「どうしたの？」

「ど、『どうしたの』って!?」

「なんか、変な顔してる」

手が伸《の》びてきて頰《ほお》に触《ふ》れられる。びっくりして身をすくめると、むに、と頰をつままれた。

「はは、もっと変な顔」

「――っ！」

このぐらいのふれあい、普段《ふだん》ならなんとも思わないのに、リーンの言葉で妙に意識している身体はぎゅっと硬《かた》くなる。

「本当にどうしたの？　体調悪い？」

「い、いや……あの……」

「熱でもある？」

ギルバートは立ち上がり、セシリアの額に手を当て、熱を測る。

彼のひんやりとした手が額を触《さわ》った後、一番火照ってしまっているだろう首筋に触れた。

（ひっ！）

いつも通りだ。本当にいつも通りの距離感《きよりかん》なのに──

「平熱より、少し高いかな」

なんてことない態度と表情で彼はそう言う。

セシリアはその表情を見て、膝《ひざ》の上でぎゅっと拳《こぶし》を握《にぎ》りしめた。

（だ、だめだ、だめだ、こんなの！　ギルにも悪いし、私も変に意識しちゃうし！）

勝手に意識して調子を崩《くず》すなんて、相手に悪すぎる。

セシリアは、感情のまま勢いよく立ち上がった。

（こんなもの、はっきりさせとけばいいんだ！）

「あのさ、ギル！」

「ん？」

「リーンがさ、変なこと言ってて……」

はっきり否定されれば、これからも気持ちよく義姉弟《きょうだい》でいられる。

セシリアはそんな考えで口を開いた。

「あのね。リーンってば、ギルが私のこと好きだって言うんだけど……」

セシリアの言葉に、ギルバートは驚《おどろ》いたように一瞬固まる。しかし、何かを悟《さと》ったのか、すぐにふっと困ったような笑みを零《こぼ》した。

「なんで？　そんなの今更《いまさら》でしょ？　いっつも言ってるよ、大好きだって」

「いや、違《ちが》くて！　リーンは恋愛《れんあい》する相手としてギルが私のこと、好きかも、とか……」

（あれ？）

熱を口から吐《は》き出したからか、セシリアは猛烈《もうれつ》な勢いで冷静になっていく。そして、自身が言った言葉を改めて確かめた。

（なんか私、すごく恥ずかしいこと言ってない……!?）

全身からぶわっと汗《あせ》が噴《ふ》き出した。吐き出す息までも熱くて、手でさえも震《ふる》えてくる。

本当に、なにをバカなことを確かめているのだろうか。

ギルバートの表情を見るのが怖《こわ》くて、セシリアはぎゅっと目を瞑《つぶ》った。

「ご、ごめん！　そんなわけないのにね！　いや、もうホント忘れて！　変なこと聞いちゃってごめ――」

「だから、それこそ今更でしょ」

遮《さえぎ》るように放たれた言葉に、セシリアは揺《ゆ》れる瞳《ひとみ》をギルバートに向ける。

口元に淡《あわ》い笑みを浮《う》かべた彼は、じっと手元の珈琲《コーヒー》を見つめていた。その視線の先にはきっと、珈琲の水面に映る彼自身がいる。

「俺は最初からそういう意味でしか、『好き』だなんて使ってないよ」

その視線が上がって、セシリアの視線と絡《から》んだ。

「大好きだよ、セシリア」

ギルバートの目がゆっくりと細まって頬がじわりと色づく。

その薄《うす》い桃色《ももいろ》を見ながら、セシリアの頭は、ぽん、と爆発《ばくはつ》した。

『人は一生のうちに三回モテ期が来る』……なんて言うけれど、
どうやら、前世と今世のモテ期が一気にきたようです。

(待ってください、神様。……今じゃない)


思いも寄らぬ告白を受けた三日後——灰の週五日目。

舞台《ぶたい》の練習にと訪《おとず》れた救済院前の空き地で、セシリアは一人、頭を抱《かか》えていた。彼女の頭を悩《なや》ませているのは、当然、オスカーとギルバートからの告白である。

(オスカーもギルもすぐに答えを出せって感じじゃなかったけど、ずっとこのままってわけには当然いかないだろうし！　だけど、適当なことを言うのはもっと失礼だし……)

二人とも、セシリアにとっては大切な人たちだ。できるだけ真摯《しんし》に、正直に、彼らの気持ちと向き合いたいとは思っている。しかし、今まで自分の恋愛に向き合ってこなかった彼女がいきなり人の気持ちに向き合えるわけもなく、こうして日夜、頭を悩ましているのである。

（もー、しんどい……）

ここのところ考えすぎてよく眠《ねむ》れていないためか、彼女の目の下には薄い隈《くま》が見てとれた。

その時、正面から声がかかった。セシリアが顔を上げると、そこには心配顔のアインがいる。

「大丈夫《だいじょうぶ》か、セシル」

「さっきの練習見たぞ？　もうすぐ本番だってのに、台詞《せりふ》飛んでんじゃねぇか」

「あー、うん。ちょっとプライベートでいろいろありまして……」

「また何かされたのか？」

「何か？」

「鉢《はち》植え落とされたり、お湯ぶっかけられたり、生卵ぶつけられたり……」

「あー、……そのこともあったね」

二人の告白が衝撃《しょうげき》的だったせいで、何者かに嫌《いや》がらせをされていたことをすっかり忘れてしまっていた。よく考えれば、『二人からの告白』に『舞台の練習』、『嫌がらせをしてくる犯人捜《さが》し』に『双子《ふたご》の攻略《こうりゃく》』と……考えることが山のようにある。完全にキャパオーバーだ。

（アインとツヴァイのことも、もう一度グレースに聞いてみるべきなのかもなぁ……）

今聞けばきっと、前よりいろいろ教えてくれるはずだ。

彼女を黙《だま》らせていた双子の秘密は、セシリアももう知っている。

（舞台が終わったら、ちゃんと聞きに行こう）

舞台は、灰の週六日目と七日目、それと十月三十一日の降神祭当日、明の週一日目と二日目、と五日間に亘《わた》って行われる。街の劇場ではもう舞台が始まっているところもあるのだが、こちらの資本はリーンの印税とマキアス家の支援《しえん》金のみだ。なので、一番盛り上がる真ん中の五日間に照準を合わせた結果、このようなスケジュールになってしまった。

つまり、明日が舞台初日なのである。

「まぁ、あんまり無理するなよ。アレなら少し、散歩にでも行ってきたらどうだ？　まだ休憩《きゅうけい》時間もあるんだろ？」

「そうだね。ちょっと行ってこようかな」

こんな身が入らない状態では、一生懸命《いっしょうけんめい》練習している他《ほか》の劇団員にも申し訳ない。気分を切り替《か》えるためにも少し歩いてこようと、セシリアは立ち上がった。すると、彼女の隣《となり》にアインも並ぶ。セシリアは目を丸くした。

「お前だけじゃ心配だから一緒《いっしょ》に行ってやるよ。俺もちょうど歩きたいと思ってたところだしな」

彼の気遣《きづか》いに感謝しながら、セシリアはアインと一緒に救済院を後にした。

救済院付近の通りは、大通りほど人は多くないものの、それなりに賑《にぎ》わっていた。路肩《ろかた》では肉を焼いていたり、果実酒を売っていたりと出店も多く、空き地では子ども達が集まって絵本の読み聞かせを聞いたりしている。その内容は、女神《めがみ》と悪魔《あくま》が出てくる例の神話だ。

その通りを歩きながら、セシリアは感嘆《かんたん》の声を上げた。

「わぁ……！」

「なに驚いてんだよ。もしかして、この通り歩くの初めてなのか？」

「初めてじゃないけど、ちゃんとこうやって見る機会あんまりなかったからさ。賑わってるの、大通りだけだと思ってたし……」

きょろきょろと顔を動かすセシリアに、アインはふっと表情を崩す。

「降神祭は国を挙げての祭りだからな。他国から見に来る人も多いって話だぞ？」

「そうなんだね！」

シルビィ家領地でも、降神祭の開催《かいさい》時は文字通りお祭り騒《さわ》ぎだが、やはり首都とは賑やかさが違う。降神祭本番はそれなりに盛り上がるものの、灰の週や明の週はあまり日常と変わらないのが現状だ。

「あれ。あの人たち、普通《ふつう》の服だね」

そう言ってセシリアが顔を向ける先には、男性の集団があった。集団といっても四、五人なのだが。彼らは全員普段着で、胸に赤いハンカチーフをつけている。

「あぁ、あいつらは反カリターデ教の奴《やつ》らだよ」

セシリアが「反？」と首を傾《かし》げると、彼は一つ頷《うなず》いた。

「北に近い地方ほどカリターデ教の信仰心《しんこう》が篤《あつ》いって話はしただろ？　それとは逆で南の方に行くと、カリターデ教を信仰してない奴らが多くなるんだよ。そういう奴らはこの祭りに赤を身につけて参加するんだ」

「へぇ……」

「地方によっては、神話の女神と悪魔を同一視するところもあるから、そんなものを祀《まつ》るカリターデ教に反感を覚えてる奴らもいるってことだな」

「アインって詳《くわ》しいね」

「まぁ。その辺はいろいろあった後、ツヴァイと一緒に勉強したからな」

いろいろあった、というのはきっと彼らの母親が亡《な》くなったあの事件のことだろう。あれも発端《ほったん》は人々の宗教観の違いである。

「勉強してわかったことは、どの立場の言い分も所詮《しょせん》は作り話ってことだな。悪魔が双子だったってのも、女神と悪魔が実は同じ存在だったってのも、そもそも神話でさえも」

「神話も？」

「あぁ。確定しているのは、この国には人の心を暴走させる何か悪いものがあって、それを封《ふう》じることが出来る人間もいるって事実だけ。後は全部、人が作った妄想《もうそう》だよ」

アインは苦笑いを浮かべながら「俺がその〝妄想〟の一部になるとは思わなかったけどな」

と吐《は》き出した。セシリアはそんな彼の顔を歩きながらじっと見つめる。

「おい、よそ見してばっかりしていると、危ないぞ」

「あ、うん――ぶっ！」

アインの忠告に顔を正面へ戻《もど》したまさにその時、セシリアは正面から来た誰かとぶつかってしまう。そして、そのままの勢いで、地面に尻餅《しりもち》をついた。

「大丈夫か⁉」

「大丈夫ですか？」

アインと重なるようにかけられたその声に顔を上げると、灰色のフード付きの外套《がいとう》を着た男性と目が合った。くすんだ茶色の髪《かみ》の毛に、アメジストのような深い紫色《むらさきいろ》の瞳《ひとみ》。手足は長く、顔は驚《おどろ》くほどに整っている。

「すみません。よそ見をしていまして」

そう微笑《ほほえ》みながら、彼はセシリアの手を取って立たせてくれる。彼の後ろには、友人だろう人間もいた。こちらは黒くて長い髪に、眼鏡をかけている。眼鏡の奥の視線は鋭《するど》く、ともすればセシリアを睨《にら》み付けているようにも見えた。

（あれ？　この人たち、どこかで……）

セシリアは目を瞬《しばたた》かせる。初めて会った人たちなのに、なぜか見覚えがあったからだ。

この既視感《きしかん》は、おそらく――

しかし、セシリアは彼らがどこの誰《だれ》なのか、まったく思い出せなかった。この髪と瞳の色に、覚えがない。

(ゲームのキャラ?)

(ただのモブってことかな……? それとも気のせい?)

セシリアを立たせてくれた彼は、彼女の手を握《にぎ》ったまま不思議そうに首を傾げた。

「あの、間違《まちが》いだったらすみません。……もしかして君は、騎士《きし》様じゃないですか?」

「え? 俺のこと、知ってるんですか?」

セシリアは目を見開く。先日とは違い、今日は例の軍服ではない。ただの黒いシャツとスラックスを着ているだけである。

彼女の反応に、彼はやはりそうかと満足そうに頷いた。

「はい。先日のパレードでお見かけしました。あの後、大丈夫でしたか? お怪我《けが》は?」

「あ、はい。大丈夫です」

アインの代わりに馬車に乗った日ではなく、卵をぶつけられた日を見ていたらしい。

頷くセシリアに彼は眉《まゆ》をハの字にし、手を両手で握りしめる。

「ひどい人間もいるものです。きっと、多くの歓声《かんせい》を受ける貴方《あなた》が妬《ねた》ましかったんですね」

彼は優《やさ》しく微笑む。

その攻略対象顔負けの微笑みに、セシリアは頬《ほお》をわずかに赤らめた。

「おっと。騎士様をこんなところで足止めしてはダメですね。……でも、これで縁《えん》は出来ました。また相まみえる日を楽しみにしていますね」

彼はそう言いながらセシリアの手を離《はな》す。そして「では」と背を向け、去って行った。

しばらくその背中を呆然《ぼうぜん》と見つめていたセシリアだったが、やがて隣のアインが妙《みょう》に静かなことに気がつき、顔を向ける。彼の視線は男性が去って行った方向に向けられていた。

「アイン、どうしたの？」

「いや。アイツ、実は見たことがあるんだよ」

「そうなの？」

「あぁ、カディおじさんの家で。……気のせいかもしれないけどな」

第五章　舞台

世の中には『朝から見たくない顔』というものがある。

「おはようございます！」

「…………おはようございます」

灰の週六日目。寮《りょう》を出たギルバートを待ち構えていたのは、制服姿のリーンだった。『朝から見たくない顔』にげんなりとしながら応じると、彼女はギルバートとは逆にほくほくとした笑《え》みのまま近づいてくる。

「今日は、ギルバート様にプレゼントがございまして」

「プレゼント？」

「はい。とっておきのプレゼントを持って参りました」

人前だからか、妙な猫《ねこ》なで声と愛らしい仕草で彼女は彼に身を寄せる。後から寮を出てきた数人の生徒が、妙な組み合わせの二人をいぶかしげな目で見ながら通り過ぎた。

ギルバートは彼女がそれ以上近づかないように手で制す。

「いりません。結構です」

「まぁまぁ、そう言わずに……」

リーンは自身を止めていたギルバートの手を取ると、その手に何か紙のようなものを握らせた。ギルバートは、無理矢理《むりやり》握らされたそれを広げる。

「これは……チケット？　舞台《ぶたい》？」

「特別にお譲《ゆず》りしますわ。といっても、無料で配布しているものですが」

満面の笑みで、彼女はそう言う。『無料で配布している』と聞いて、一瞬《いっしゅん》いつもの嫌《いや》がらせの延長でゴミでも渡《わた》してきたのかと思ったのだが、そのチケットに書いてある『監督《かんとく》総指揮：ニール』の文字を見て考えを改めた。……彼女はまた何か企《たくら》んでいるらしい。

「別に来られなくてもいいですけれど、絶対に後悔《こうかい》しますわよ」

「は？」

「それでは、お先に失礼しますわね。私はオスカー様にもこれを届けないといけませんから」

一瞬にしてギルバートから距離《きょり》を取ったリーンは、スカートを翻《ひるがえ》しながら踵《きびす》を返した。最後は、どこか挑戦《ちょうせん》的な笑みを浮《う》かべ「それでは」と一度頭を下げる。

(殿下と俺に渡すチケットで、『行かないと絶対に後悔する』か)

その瞬間、セシリアの顔が脳内にちらついた。これは間違いない、彼女が関《かか》わっている。

「なんかこそこそしてると思ったら、なにやってるんだよ」

またもリーンに騙《だま》されたのであろう、人を疑うことを知らない純真無垢《むく》な想《おも》い人の姿を思い浮かべ、ギルバートは肺の空気を全《すべ》て吐き出すようなため息をついた。

夕方、ギルバートはチケットを片手にとある場所を訪《おとず》れていた。その『とある場所』というのは、シゴーニュ救済院である。チケットによると、どうやらそこで舞台が開かれるらしい。

普段《ふだん》は子ども達が駆《か》け回っているだろう広い空き地に、木組みで出来た立派な舞台が建っている。席は決まっているわけではなく、木で出来た簡易な長椅子《ながいす》が並んでいるだけだった。舞台の脇《わき》では、キャストの名前と脚本《きゃくほん》が印刷してある冊子と飲み物、そしてなぜかリーンが書いた例の本が売られていた。見たことのない表紙なので、おそらく新作なのだろう。

チケットを入り口で見せて入ると、見知った赤毛がもう席に着いていた。その周りには不自然に人が座っていない。皆《みな》、彼が王族だと知っているので、遠慮《えんりょ》しているのだろう。

ギルバートは、その背中に話しかけた。

「殿下。不用心じゃないですか、護衛もつけずにこんなところに来るなんて……」

「あぁ、ギルバートか」

顔を上げたオスカーの隣《となり》に、ギルバートは座る。

「護衛をぞろぞろと引き連れるのが嫌なのはわかりますが、仮にも王子様でしょう？　何かあったらどうするんですか？」

「まぁ、何かあったらそのときだろう。その時は弟たちのどれかが王位を継《つ》ぐだけだ」

「また、そんなことを……」

「俺の弟たちはみな優秀《ゆうしゅう》だからな。誰が王位を継いでも、国は問題ない」

事もなげにそう言う彼に、ギルバートはため息をついた。誰も王位や国の心配などはしていない。心配なのは彼自身だ。しかし、そんなことは口が裂《さ》けても言うつもりはなかった。

黙《だま》ってしまったギルバートに、オスカーは懐《ふところ》から一枚の紙を取り出し、見せた。

「それよりお前も、リーンからこれをもらったのか？」

「えぇ。来るつもりはなかったんですが、セシルが出るようなので様子を見に」

「セシルが出るのか!?」

「……気づかなかったんですか？」

ギルバートは呆《あき》れたような顔になった。こんなことがある度《たび》に、『この人が次の国王で大丈《だいじょう》夫《ぶ》か』と疑ってしまう。素質はあると思うのだが、彼は少し、勘《かん》が鈍《にぶ》いところがある。

「それならどうして来たんですか？　そんなにお暇《ひま》じゃないでしょ」

「いやまぁ、『救済院で催《もよお》し物をします』と言われたからな。救済院の実情を見ておきたいというのもあったし……」

「救済院の運営は教会ですよ？　何かあっても、国がどうこうできる問題じゃないでしょう？」

「だからだ」

その言葉にギルバートはオスカーを見る。

「国民の福祉《ふくし》を国がやらなくて誰がやる。親を亡《な》くした子ども達も、我が国の立派な国民だ。それならすぐにとは行かなくとも、いずれは国が面倒《めんどう》を見られるようにしておくべきだろう？」

オスカーは視線を舞台に向けたまま「もちろん、そのためには教会と協力することもあるだろうがな」と付け足した。

じっと見つめていたギルバートの視線が気になったのか、オスカーは彼に視線を向ける。

「どうかしたか？」

「いえ、自分の考えを訂正《ていせい》しただけですよ。お気になさらず」

「そうか」

深く追求することなく、彼は視線を舞台に戻《もど》した。

舞台の脇では人が何やらせわしなく動いている。そろそろ開演なのだろう。

「ところで、だ。少し前から聞きたかったんだが……」

妙に硬《かた》くなったオスカーの声に、ギルバートは「はい？」と首を傾《かし》げる。

「お前、セシリアのことどう思ってるんだ？」

「……直球で聞きますね」

「こんなもの、回りくどく聞いても仕方がないだろう」

準備が終わったのだろう、壇上《だんじょう》にグレイク劇団のナレーション役の女性が出てくる。

幕が上がる舞台に視線を向けたまま、ギルバートは口を開いた。

「殿下の思っているとおりですよ」

「そうか。……それは手強《てごわ》いな」

「お互《たが》い様でしょ、そんなの」

そこまで言ったとき、銀糸の髪《かみ》を靡《なび》かせながら、セシリアが舞台袖《ぶたいそで》から出てくる。神々《こうごう》しさを感じる真っ白いドレスに、いつもとは違《ちが》うストレートな髪の毛。瞳《ひとみ》の色こそ同じだが、化粧《けしょう》のせいか、いつもより鋭《するど》い美しさがあった。

隣から聞こえる「俺の婚約《こんやく》者は可愛《かわい》い上に綺麗《きれい》なのか……」というわけのわからない呟《つぶや》きを聞きながら、ギルバートは舞台を見つめる。

最初のシーンは、悪魔《あくま》に支配されている国を見ながら、女神《めがみ》が憂《うれ》うという場面である。話自体は、一般《いっぱん》的なプロスペレ王国の神話をなぞっているものだったが、所々に台詞《せりふ》やシーンが足され、よりドラマチックに見えるように仕上げられていた。

そして、悪魔と女神が戦うシーン。動きやすくするためか、セシリアのスカートにはスリットが入っていた。そこから覗《のぞ》く素足《すあし》に、一部の男性陣《じん》がわっと声を上げる。

「……」

思わず、舌打ちが漏《も》れた。

別に下品に見せているわけではないのだが、これは後でリーンに文句を言いにいった方がいいだろう。出来るのならスリットの部分に布を当ててもらうことも考えた方がいい。

後ろで色めいていた彼らの一部を視線で射殺しながら、ギルバートはそう思った。

「意外にちゃんと作ってるんだな。リーンのことだから、急に男同士のラブロマンスが始まるんじゃないかと思ってヒヤヒヤしていたのに……」

「教会の人に怒《おこ》られると思ったんじゃないですか？　仮にも彼女、救済院出身ですし……」

オスカーの疑問にギルバートはそう答える。

いろいろ企んでいることはあるかもしれないが、彼女が救済院のことを思っているのは本当だろう。その証拠《しょうこ》に、飲み物や冊子を売っているのは救済院の子ども達だ。きっとあれらの売り上げは救済院に入るに違いない。

そうしている間に物語はクライマックスを迎《むか》える。最後は、この神話で最も有名なシーンだ。

悪魔の反撃《はんげき》に遭《あ》い、燃えさかる地獄《じごく》の炎《ほのお》に取り残されてしまう女神。それを助け出すのは、彼女に協力した一人の男性である。

大体の舞台では、そこまでを劇で演じ、最後にナレーターが『彼は後に女神との間に子どもを儲《もう》け、この国の王となるのだった』と語り、物語は終わる。

ギルバートもオスカーも、このシーンは子どもの頃《ころ》から何度も見てきた。なので、俳優が代わったぐらいでは目新しさはない。

オレンジ色の光で表される炎の演出に、助けを求める女神《セシリア》。女神《セシリア》を助け出す一人の青年。

そうして最後に、ナレーションが流れ――なかった。

（ん？）
本来なら幕が下りているだろう場面で幕が下りない。
セシリア演じる女神と青年役の俳優は、真ん中で互いに見つめ合っていた。
『貴女《あなた》が無事で良かった』
『どうしてこんな無茶《むちゃ》なことを……』
『私は一人の男として、貴女を愛してしまったのです』
流れるような甘い台詞に、こめかみがひくついた。
突然《とつぜん》始まったラブロマンスに、オスカーも怪訝《けげん》な顔をしている。

『あの夜、貴女が人の形をとって降臨してきたときから、私は貴女の虜《とりこ》だった』
『私も多くの人間がいる中で、誰よりも貴方《あなた》のことを頼《たよ》りにしてきました』
『貴女は役目を終えたのかもしれない。しかし、私は貴女を泡沫《うたかた》の夢にはしたくない』
『私も望むらくは貴方と……』
後ろで流れていた音楽が変わる。そして、二人の顔が不自然に近づいた。

青年役の俳優はセシリアの腰《こし》を抱《かか》えると、そのまま覆《おお》い被《かぶ》さるようにして唇《くちびる》を――

「はぁあぁ!?」

「なっ――!!」

同時に立ち上がった。周りの人たちがぎょっとした顔で二人を見上げる。

唇が重なる瞬間《しゅんかん》に舞台の幕は下り、拍手《はくしゅ》が辺りを包んだ。

その拍手を聞き終える前に、二人のつま先は、同時に舞台の袖へと向くのだった。

「お二人とも、最高ですわ！　おかげで、想像以上に本がはけています！」

舞台裏に突撃したギルバートとオスカーを迎えたのは、そんな機嫌《きげん》のいいリーンの声だった。

話を聞けば、あの舞台横で売っている本は、セシルとオスカーをモデルにした商業本の第二弾《だん》らしい。その中に『舞台に立ったシエルのキスシーンを見て、思わず立ち上がるオランとクロウ』という描写《びょうしゃ》があるようで、リーンは二人を使ってそれを再現したようだった。

ちなみに、クロウはギルバートがモデルである。髪の毛が真っ黒で烏《からす》のようだから、クロウという名前になったらしい。

「あのシーンは、あらかじめ試《ため》し読みで舞台のチケットと一緒《いっしょ》に配布していましたの。それを読んで来られた方々は、今回の騒動《そうどう》を見てきっと『この物語はノンフィクションかもしれない』と考えたはずですわ！　そうなればもう、腐界《こっち》に堕《お》ちたも同義！　ゆくゆくはお仲間です！」

熱く語るリーンに、ギルバートの隣《となり》にいたオスカーは眉間《みけん》の皺《しわ》を揉《も》んだ。

「あー、それはつまり。俺たちは、君に踊《おど》らされたということか？」

「あら、私が殿下《でんか》を踊らせるだなんて、そんな……。たまたま、物語のキャラクターとお二人の気持ちがリンクし、勝手に踊ってくださっただけですわ！」

逆にこちらが気持ちよくなるぐらいの笑《え》みを浮《う》かべるリーンに、オスカーは頭を抱える。

「俺としたことが、初めて女性を殴《なぐ》りたいと思ってしまった……」

「珍《めずら》しく同意です。殿下」

ギルバートも渋《しぶ》い顔で頷《うなず》く。そんな二人に、リーンは笑顔のまま手を打った。

「まぁまぁ、お二人とも。そうカリカリしないでくださいませ。セシル様も本当にキスしたというわけではございませんし！　というかそもそも、相手も男性ではございません！」

「男性じゃない？」

「さすがにフリでも相手が男性だったら、お二人ともいい気がしないでしょう？　なので、女性の方に演じていただいていたのです。私もまだ命が惜《お》しいですから」

ギルバートは、そんなリーンの背後を覗き見た。そこには一人の女性がござのようなものの上に寝《ね》かされている。おそらく彼女がセシリアとキスのフリをさせられた女性だろう。その証拠に、彼女の頭からは湯気が出ており、「とにかく顔がいい……」とうわごとを呟いている。

よく見れば、そんな彼女を介抱《かいほう》しているのはツヴァイだった。「お前いつになったら慣れるんだよ」と低い声を出しているのはアインである。

「やっぱり、二人とも来てたんだ」

背後で見知った気配がして、ギルバートとオスカーは同時に振《ふ》り返る。そこには案の定、セシリアがいた。舞台が終わった直後ということもあり、服装は女神の衣装《いしょう》のままである。

「舞台の上から二人が見えたから、もしかしてそうかもなって、思ってたんだ」

少し恥《は》ずかしそうなセシリアに、オスカーは「舞台、良かったぞ」と声をかけていた。それに彼女も「ありがとう」とはにかむ。

ギルバートはセシリアの衣装を見て、はっと顔を跳《は》ね上げた。そしてリーンに視線を移す。

「言うのを忘れてました。リーン。あのスリット、なんとかしてください」

「スリット？」

反応したのは、オスカーだった。どうやら彼は、スリットに気がついていなかったらしい。

「スリットってこれのこと？」

セシリアはスリットをぺらりと捲《まく》る。その瞬間、覗いた膝頭《ひざがしら》にオスカーはおののいた。

「なっ！　お前、そんな衣装で舞台に立っていたのか⁉」

「そうだけど。変かな？」

「それ以上、捲るな！　か、風邪《かぜ》をひくだろうが‼」

オスカーは上着を脱《ぬ》ぐと、セシリアを覆う。それでスリットが隠《かく》れるわけではないのだが、厚着させなくては理性を保てなかったらしい。

ギルバートは親指で顔を赤らめるオスカーを指さした。

「舞台《ぶたい》の客席で、こんな反応してる奴《やつ》らが大勢いました。俺が駆除《くじょ》してしまう前に、布でもなんでも当ててください」

「そうだな。それは確かに……」

オスカーが同意を示すと、意外にもリーンは「わかりました」と素直《すなお》に頷いた。しかし、こうも続ける。

「それでは、明日《あした》から二人とも舞台を手伝ってくださいね！」

「は？」

「なぜ、そんな話になるんだ？」

困惑《こんわく》した表情を浮かべる二人に、リーンは胸に手を当て、表情を曇《くも》らせた。

「単純に人手が足りないのです。このままでは、私も皆《みな》も疲労《ひろう》で倒《たお》れてしまうかもしれません。今は猫《ねこ》の手でも借りたい有様なのです」

「知りませんよ、そんなこと……」

にべもなくそう断ると、リーンは悲しそうな顔で「そうですか……」と呟《つぶや》く。

「わかりました。それではセシル様の衣装は当分このままですね」

「はぁ!?」

「だって私、毎夜寝ずに舞台の準備をしておりますの！　練習の度《たび》に衣装は解《ほつ》れてしまいますし、台本だって毎回手直しをしているのです。なので、もう私の中では問題ないとされている衣装の手直しは、後回しになるのが当然でしょう？」

　ぐうの音も出ない正論に、二人はその場で黙《だま》る。

「もし、お二人が手伝ってくださったら、私も少しは衣装に手を加える時間が出来るかもしれません！　どうですか？　手伝っていただけませんか？」

　ギルバートとオスカーは互《たが》いに目を見合わせる。そして、しばらくの沈黙《ちんもく》の後、無言のまま首を縦に振った。リーンはそれを見ながら「それではよろしくお願いしますわ」と鈴《すず》を転がすような声を出すのだった。

　灰の週最終日・舞台二日目。

「リハーサル、疲《つか》れたー！」

　楽屋にと借りている救済院の一室で、セシリアはそう言いながら椅子《いす》に身体《からだ》を預けた。彼女の事情《男装》も鑑《かんが》みて、楽屋は一人部屋。本番まではまだ時間があるので、衣装は着ていなかった。

「リハーサルまで見に来る人いるし。なんか昨日の舞台より、今日の方が疲れた気がする……」

セシリアは天井《てんじょう》を見上げながら、そうぼやく。

昨日一日で、舞台の噂《うわさ》はしっかりと広まったらしい。麗《うるわ》しき女装の王子様を見ようと、会場の入り口付近には人が大勢集まっていた。一応、柵《さく》で会場を囲ってはいるものの、熱に浮かされた女性の何人かが、その柵を乗り越《こ》えセシリアにサインを求めてきたのも、疲労の一因となっていた。

セシリアは時計を見る。まだ本番までは一時間近くあった。衣装を着たりメイクをしたりする時間も必要だろうが、少しぐらいは休憩《きゅうけい》できるだろう。

『セシルさん、少しよろしいでしょうか？』

その時、ノックとともに、どこかで聞いたことのある声が扉《とびら》の向こうからした。

セシリアは扉を開けて、そこにいた人物に目を丸くする。

「え？　グレース！」

「少し話したいことがありまして、リーンさんに案内してもらいました」

そこにいたのは研究棟《とう》以外ではめったに見かけない彼女だった。装《よそお》いはいつもの白衣ではなく、黒いワンピース。灰色の癖《くせ》のある髪《かみ》の毛はポニーテールになっている。

「休憩中だとお聞きしましたが、少しよろしいでしょうか？」

「もちろん！　私も、グレースに聞きたいことあったから助かった！」

ちょうどアインとツヴァイのことを聞きに行こうと思っていたところだ。公演が終わってから……と考えていたので、出向いてくれたのなら都合がいい。

グレースはセシリアに促《うなが》されるように部屋にあった丸椅子に腰掛《こしか》ける。セシリア自身も椅子を移動させ、彼女の前に座った。

「それで、どうしたの？　話したいことって」

「いえ、話したいことというか、少し質問なのですが……」

「質問？」

「はい。セシリアさん、これはリーンさんにもした質問なんですが、この降神祭の最中にジャニス王子と会いましたか？」

「へ？　ジャニス王子って……。あの、ジャニス王子？　オスカーとか、ギルとか、ダンテとかのルートでラスボスになる？」

「はい。そのジャニス王子です」

思わぬ名前にセシリアは口をぽかんと開けた。

ジャニス王子というのは、新雪のような白髪《はくはつ》とアメジストのような紫色《むらさきいろ》の瞳《ひとみ》を持つ、隣国《りんごく》の第三王子だ。甘いルックスと穏《おだ》やかなしゃべり方にもかかわらず、人を人とも思っていない残《ざん》忍《にん》さを持っている敵キャラである。オスカーにダンテを差し向けたのも彼なのだが、その意図は不明。作中で最も謎《なぞ》が多いキャラクターだ。

「私は会ってないけど、そのジャニス王子がどうしたの？」

「それが、ジャニス王子が降神祭に来ているかもしれないという話を聞きまして……」

セシリアは過去の記憶《きおく》を探《さぐ》る。しかし、いくら引き出しを開けても『ジャニス王子が降神祭に来ていた』ことで起こるイベントは思いつかない。

グレースは真剣《しんけん》な声を響《ひび》かせる。

「私も話を聞いて思い出したんですが、『主人公とジャニス王子が降神祭で会う』ことが分岐《ぶんき》になるバッドエンドがあるんです」

そのバッドエンドとは『降神祭の神子《みこ》代理に選ばれたにもかかわらず、ノーマルルートへ行くための好感度には達していないうえ、特定のキャラクターからすごく嫌《きら》われている』という希《け》有《う》な条件でのみ発生するものらしい。

そのルートにたどり着くと、降神祭本番日にジャニス王子が大勢の人を操《あやつ》り、リーンを襲《おそ》わせ、最終的には殺してしまうという話になるというのだ。

「ちなみに、プレイヤーにはジャニス王子が黒幕だとわかりますが、他《ほか》のキャラクターにはそれがわからないので……」

「全《すべ》て、セシリアのせいになって、私は殺されちゃうわけね」

引き継《つ》ぐように発したセシリアの言葉に、グレースは頷《うなず》いた。

「でも待って、『大勢の人を操って……』って言ってたけど、ジャニス王子にそんな力があるの？　彼って王子様だけど、ここは他国だし……」

「あぁ、そういえば、そこも話していませんでしたね」

忘れていたというように、グレースは両手を打つ。

「実際に明言されるのはトゥルールートのときなのですが。実は彼、他人に『障《さわ》り』を憑《つ》かせることが出来るんです」

「えぇ!?」

おののくセシリアに、グレースは「まぁ、誰《だれ》にでも憑かせられるってわけじゃないみたいなんですけどね」と冷静に言葉を足した。

「ほら、オスカールートを思い出してみてください。あれ最後、なぜか唐突《とうとつ》に『障り』が憑いてしまったジャニス王子と戦う話になるじゃないですか？　あれ、トゥルールートを経てから再度見ると、ジャニス王子が『障り』を自身に憑けて戦っているのがわかる仕組みになってるんですよ」

「あー……」

「他には、ジャニス王子と会話していた人ばかりが、後々『障り』に憑かれたりする描写《びょうしゃ》があったり……」

言われてみれば、そんな描写もあった気がする。当時はそんな裏設定など知らなかったので、まったく気にもならなかったが、今思えば確かに不自然な描写だった。

「トゥルールートは、神殿《しんでん》の最奥《さいおう》に封《ふう》じられている『障り』の源を、自身に憑かせたジャニス王子と戦う話になります。勝てば彼を封印し、二度と『障り』が現れない世界を手に入れることが出来ますが、負けると全滅《ぜんめつ》です」

「……さらっと怖《こわ》いこと言うなぁ……」

「ラスボスに負けたら全滅。普通《ふつう》の話ですよ」

あくまでも淡々《たんたん》と彼女はそう言う。

「話がそれましたね。それで、そのジャニス王子が大勢の人に『障り』を憑けて神子代理の一行を襲うというバッドエンドがあるんですが……。まぁ、予兆がないようなら大丈夫《だいじょうぶ》ですかね。そもそも、すごく希《まれ》なバッドエンドですし……」

安心したかのようにグレースは息をついた。どうやら彼女の話はこれで終わりらしい。

衝撃《しょうげき》的な事実がいろいろわかったが、今の段階ではとりあえず心配する必要はないだろう。

「それで、セシリアさんは、私に何のお話が？」

「あ、それがね――」

グレースに促され、口を開いたその時だ。

耳を劈《つんざ》く女性の叫《さけ》び声が二人の耳に飛び込んでくる。二人は同時に目を見合わせた。

悲鳴が聞こえてきたのは、衣装や小道具を置いている部屋からだった。叫んだのは、たまたま衣装を取りに来た劇団の女性である。理由は、そこに置いてある女神《めがみ》の衣装だった。

「これは、ひどいですね」

「誰がこんなことを……」

目の前にある女神の衣装《いしょう》は、引き裂《さ》かれ、ボロボロになっていた。その上から赤と黄色のペンキがぶちまけられ、色も変わってしまっている。色が混ざり合い、オレンジ色に染まっている箇所《かしょ》もあった。

部屋の中にはグレースとセシリア、オスカーとギルバートがいた。二人は昨日の約束通りに今日から舞台《ぶたい》を手伝ってくれており、セシリア達と同じように悲鳴を聞いて駆《か》けつけてくれたらしい。

「リーンが見たら、悲しむだろうな」

「これは同情しますね……」

オスカーもギルバートも、顔をこわばらせていた。さすがに不憫《ふびん》に思ったのだろう。二人ともリーンがこの衣装を生半可な気持ちで作っているわけではないと知っているからだ。

ちなみに、最初にこの事態に気がついた女性は、現在リーンを呼びに走っている。

セシリアも、無残な状態になった衣装を前に表情を曇《くも》らせた。

「もしかして、嫌《いや》がらせの犯人かな……」

「まぁ、その可能性は十分にありますね。他の衣装は、傷つけられてないわけですし」

「そう、だよね……」

サインを求めて女の子達が侵入《しんにゅう》できるぐらいの警備態勢だ。犯人が入る隙《すき》はいくらでもある。

ギルバートは膝《ひざ》をついて、床《ゆか》に落ちたペンキを指で確かめた。

「ペンキは乾《かわ》いてないですし、犯人はまだ遠くへは行ってないかもしれませんね」

「しかし、なにも証拠《しょうこ》は残ってなさそうだぞ？」

オスカーも膝をついてドレスの裾《すそ》を持つ。昨晩、リーンが夜なべして手直ししたスリットの部分は、むごたらしく裂かれてしまっていた。

その時、何かに気がついたかのようにオスカーが声を上げる。

「ん？……ギルバート！」

「どうかしましたか？」

「これ、足跡《あしあと》じゃないか？」

オスカーはドレスの裾付近を指さす。そこにはオレンジ色の足跡があった。どうやら、犯人が逃《に》げるときにペンキを踏《ふ》んでしまったらしい。

「床の色と似ているから気がつかなかったんでしょうか」

「何にせよ、この足跡をたどっていけば、犯人にたどり着くかもな」

「まだどこかに潜《ひそ》んでいる可能性もありますしね」

オスカーとギルバートは同時に立ち上がった。そして、肩《かた》を落とすセシリアに顔を向けた。

「俺たちは足跡を追います」

「あ、俺も行く！」

「セシルとグレースはここにいろ。リーンに事情を説明する人間も必要だからな」

オスカーにそうやんわりと止められ、セシリアは「……わかった」と頷いた。

気落ちしていたこともあったし、今の自分が行っても足手まといになるだろうという気持ちもあったからだ。

それに犯人が見つかったとして、刺激《しげき》してしまわないとも限らない。

オスカーとギルバートは、足跡をたどるように部屋から出て行った。

残されたのは、グレースとセシリアの二人だけである。

セシリアは苦悶《くもん》の表情で額を押さえた。

「……俺のせいだよね」

「悪いのは犯人ですよ。あなたが悔《く》やむようなことはなにもありません」

グレースはそう励《はげ》ましてくれるが、この状況《じょうきょう》だと原因は間違《まちが》いなくセシリアだ。嫌がらせ犯をただ放置していたつもりはないのだが、今までの被害者《ひがいしゃ》が自分だけということもあり、後回しにしていた感は拭《ぬぐ》えない。

その時、背後に人の気配がし、聞き慣れた声が耳に届いた。

「話を聞いて、急いで駆けつけてみたらこれか……」

「アイン……」

「ドレス、想像以上にひどいことになってんな」

どうやら叫び声を上げた女性劇団員が、アインにも状況を知らせたらしい。

彼は、落ち込むセシリアの背中を軽く叩《たた》いた。

「まぁ、気にするなよ。……それよりちょっと、いいか？」

「どうしたの？」

「ツヴァイのことで少し相談したいことがある」

そう言って彼はグレースをちらりと見た。どうやら二人っきりで話したいことらしい。

グレースもそのアイコンタクトに気がついたのか「私は大丈夫ですよ」と一つ頷《うなず》いた。

「んじゃ、あっちの部屋でいい？」

「あぁ、頼《たの》む」

いつになく真剣《しんけん》な様子でアインが頷く。セシリアはグレースを振《ふ》り返った。

「ごめんね、ちょっと行ってくる」

「わかりました」

その返事を聞いて、セシリアはアインを連れて部屋を後にした。

ドレスを引き裂いた犯人は、あまりにもあっけなく発見された。

「ギルバートから話は聞いていたが、……お前達だったのか」

物置として使っている部屋の隅《すみ》で、彼らは腰《こし》を抜《ぬ》かしたままオスカーとギルバートを見上げ震《ふる》えていた。足の裏にはべっとりとオレンジ色のペンキがついている。

犯人は複数いた。大柄《おおがら》の成金息子《むすこ》に、筋肉自慢《じまん》の脳筋野郎《やろう》。悪知恵《わるぢえ》しか働かない金魚の糞《ふん》。計三人。

そう、彼らは以前ツヴァイをイジメていた男子生徒達だった。

「以前セシルにやられたことを逆恨《さかうら》みした、ってところですかね」

「お前達は、誰《だれ》に手を出したのか、わかっているのか……？」

大事な婚約者《こんやく》を傷つけられたオスカーの睨《にら》みと、冷え切ったギルバートの視線に、三人は身を寄せ合って「ひっ！」と情けない声を上げた。

「あなたたちが頭の悪い人間だということはわかっていましたが、まさかここまで考えなしの人たちだとは思いませんでしたよ」

「細々とした嫌がらせに加えて、卵を投げつけたり、鉢植《はちう》えを落としたり、お湯を上からかけたりしたそうだな？　しかも、今度は舞台衣装まで――」

「お、俺たちじゃない！」

大柄の成金息子――デレクが口を開く。続けて左右のケビンとスキートも声を上げた。

「た、確かに！　虫の死骸《しがい》を置いたり、汚《よご》れたぞうきんをアイツの鞄《かばん》に入れたり、卵をぶつけたのは俺たちだけど‼」

「鉢植えは落としてないし！　ドレスも僕たちじゃない‼　ドレスに悪戯《いたずら》しようとしたのは本当だけど、僕たちが行ったときにはもうあんな状態だったんだよ‼」

三人の言葉にギルバートとオスカーは互《たが》いに顔を見合わせた。

『そんなことやってない！　身に覚えがない！』と否定するのならばまだわかるが、『一部はやっているが、それ以外は知らない！』というのは、言い訳としてどうなのだろうか。

「それに、鉢植えを落とすなんてことするわけないだろ！　お湯だって俺たちじゃない！　俺たちだって、さすがにそこまで危ねぇ事はしねぇよ！」

「いやしかし、お前たちはセシルに向かってナイフを振りまわしてたって聞いたぞ？」

「あんなもん、びびらせるためのフリに決まってんだろ！　ナイフだってこれだぞ？」

ケビンは懐《ふところ》から出したナイフに指先を当てる。すると、刃先《はさき》がみるみると柄《つか》の中に入っていく。──仕掛《しか》けナイフだ。

「じいちゃんが当主引退した後に技工士始めて、こういうの作ってるんだよ。こんなもんで、誰かを傷つけられるわけねぇだろ」

そう言って、ケビンは手に持っていたナイフを二人に向かって投げる。

「とにかく俺たちは、蹴《け》ったり殴《なぐ》ったり脅《おど》したりはするが、傷が残るような怪我《けが》はさせねぇし！」

「死ぬようなことなんて絶対にしないよ！」

「というか、そいつ！　人の命をなんだと思ってんだ！」

「……実はお前達、根はそこまで悪い奴《やつ》らじゃないだろ？」

オスカーの呆《あき》れたような言葉に「あぁん!?　俺たちはワルに決まってんだろ！」とデレクがすごむ。しかし、迫力《はくりょく》はゼロだ。『ワル』というより、『ワルに憧《あこが》れを持つ思春期の青少年』といった感じにしか見えてこない。

ギルバートは先ほど受け取ったナイフの刃先を出し入れしながら、思考を巡《めぐ》らせる。

「彼らの言っていることが、嘘《うそ》じゃないとして。それなら、鉢植えを落としたり、ドレスを裂《さ》いたりした犯人はどこの誰なのか……」

「ギルバートさん、オスカーさん！　どこにおられますか！」

その時、廊下《ろうか》からグレースの悲鳴に近い声が聞こえてきた。二人が廊下に顔を出すと、気づいたグレースが焦《あせ》って駆《か》け寄ってくる。その後ろには、リーンとアインもいた。

「どうかしましたか？」

「というか、セシルはどうした」

オスカーの疑問に答えたのは、アインだった。彼の顔は蒼白《そうはく》で、瞳《ひとみ》も小刻みに揺《ゆ》れている。

「ツヴァイが……。ツヴァイが俺のフリして、セシルを――」

瞼《まぶた》をこじ開けてまず目に入ってきたのは、古びた木の梁《はり》。辺りは暗く、側《そば》にある小さな窓には、小雨が打ち付けていた。重苦しく湿《しめ》った空気にぶるりと身震《みぶる》いをすると、ようやくそこで意識がはっきりとしてくる。

（そうか私——）

セシリアは仰向《あおむ》けのまま身をよじった。手首はロープで縛《しば》られており、殴られた腹部には鈍《どん》痛《つう》が走る。彼女がいるのは、小さな山小屋のようだった。猟師《りょうし》が休憩《きゅうけい》にでも使っているのだろう、側にはロープや動物にかける罠《わな》のようなものも置いてある。

（こんなこと、前にもあったな……）

痛む腹部と縛られた手首に、ハイマートの連中に攫《さら》われたことを思い出す。ずいぶん昔のことのように感じられるが、あれからまだ半年ほどしか経《た》っていないのだ。

彼女は壁《かべ》伝いに身体《からだ》を起こした。足を縛られていないことが、まだせめてもの救いだろう。

「起きた？」

座った体勢になった瞬間《しゅんかん》、そう声がかかった。声のした方を見ると、小柄な人影《ひとかげ》が正面にゆっくりと浮《う》かび上がってくる。

雨が止《や》んで月が顔を覗《のぞ》かせた。窓から入った月の光が、彼の鼻から下を怪《あや》しく照らす。

セシリアはその人影に声をかけた。

「どうしてこんなことをしたのか、説明してもらってもいい？　──ツヴァイ」

呼びかけると、彼はわずかに息をのむ。

「僕がツヴァイだってよくわかったね。……自分で言うのもアレだけど、十分アインになりきれてたと思うのに」

「こんなことになるまで、俺だって全然気がつかなかったよ。でも、あの衣装を破いたのはツヴァイだと思ったから。こんなことをするならツヴァイかなって……」

ツヴァイは動揺《どうよう》しているように見えた。その様子を見て、セシリアは自分の予想が当たっていたことを知る。決して当てずっぽうというわけではなかったが、妄想《もうそう》に近い予想だということは自分でもわかっていたからだ。

ツヴァイは静かな声で「……どうしてそう思ったの？」と問う。セシリアは少し黙《だま》ったあと、言葉を選ぶように口を開いた。

「衣装《いしよう》が手で裂かれてたからかな。あそこは、舞台《ぶたい》用の小道具も置いてあったし、手直し用にリーンが裁縫《さいほう》道具も置いていたから、探せばハサミだって、刃物《はもの》だってきっと見つかる。なのに、それを使っていなかったから、使いたくても使えない人が犯人なのかもしれないなって」

「……セシルって意外とちゃんと見てるんだね」

ふっとツヴァイが笑《え》む。顔の上半分は陰《かげ》っていて表情はよく見えないが、唇《くちびる》は緩《ゆる》やかに弧《こ》を描《えが》いていた。一方、当たって欲しくない予想が当たっていたことに、セシリアは下唇を噛《か》む。

「俺にいろいろ嫌《いや》がらせしていたのも、ツヴァイ？」

「……そうだよ。全部が全部ってわけじゃないけどね」

「なんでそんなことしたの？」

「近づいて欲しくなかったから」

「誰に？」

「……僕らに」

ツヴァイは両手で顔を覆《おお》う。

その仕草は、後悔《こうかい》しているようにも、顔の痛みを堪《こら》えているようにも見えた。

「セシル、覚えてる？　最初に、双子《ふたご》が忌《い》み嫌《きら》われてるって話をしたときのこと……」

もちろん覚えている。

あれは、前日にプリン作りを失敗してしまい、へこんでいた日のことだ。

落ち込んでいたセシリアのところに、偶然《ぐうぜん》ココとツヴァイがやってきたのである。

「実はあれ、僕じゃなくてアインなんだ」

「え？」

「アインがセシルのこと探《さぐ》りたいって言うから、入れ替《か》わってたんだよ。僕もまさか『悪魔《あくま》の子』って呼ばれてたことを話すとは思ってなかったけどね」

口ぶりからして、その時の記憶《きおく》は全て《すべ》『共有』しているのだろう。その後セシルに会っても入れ替わっていたと気づかれないように……

「アイン、すごく楽しそうにしていたでしょ？　あの後、僕も聞いてみたんだ。『どうだった？』って。そしたらアイン、楽しそうな顔で『まぁ、悪い奴じゃないのはわかったよ。面白《おもしろ》い奴だった』って！」

感情が高ぶっているのか、ツヴァイの声は大きく、荒々《あらあら》しくなっていく。

いつもの朗《ほが》らかで陽気な彼はもうそこにはいなかった。

「アインが僕以外の人間に興味を持つなんて初めてで！　僕、どうしたらいいのかわからなくなっちゃって！」

「それで、鉢植《はちう》えを落としたの？」

振《ふ》り返ってみれば確かに、嫌がらせが始まったのは、ツヴァイ——に扮《ふん》したアインと話したその夜からだ。

「アレは、事故だよ。セシルのことを見ていたら、腕《うで》がぶつかっちゃって。だけど、こういうのを繰《く》り返してたら、いつか僕らにもちょっかい出さなくなるかもしれないって思って……」

それで、繰り返していたということか。

そんなことで『近づかないで』なんてメッセージが届くはずがないのに……

ツヴァイはさらに言葉を重ねた。

「なのに君は、気にすることなく僕らに近づいてくるし！　アインも段々おかしくなっちゃって、君の話ばっかり――」

「ツヴァイ？」

「僕らは二人で一つだったのに！　君が入ってきて、僕らの邪魔《じゃま》をするから!!」

感情のたがが外れたかのように、彼は頭を抱《かか》えながら、これまで以上に大きな声を出す。

その様子は、まるで誰《だれ》かに身体を操《あやつ》られているかのような、そんな奇《き》っ怪《かい》さを持っていた。

「ツヴァイ、落ち着いて！　なんか今日おかしいよ！　どうしたの⁉」

「おかしくない!!」

ツヴァイはセシリアを押し倒《たお》し、腹の上にまたがった。そして、両手で首を掴《つか》む。

「僕がおかしく見えるなら、君がおかしくしたんだ!!」

首を摑んだ両手にぎゅっと力が籠《こ》もる。

すぐに出来なくなった呼吸に、セシリアは足をばたつかせた。

「やめ――っ！」

「僕にはアインしかいないのに！　アインしかいなかったのに!!　君が僕からアインを取ろうとするから!!」

その時、苦しくて瞑《つぶ》った瞼の上に、生温《なまぬる》い水が落ちてきた。セシリアが薄《うす》く目を開くと、彼

のエメラルド色の瞳に大粒《おおつぶ》の涙《なみだ》が浮かんでいる。

そして、彼の右目を覆うように──

（痣《あざ》⁉）

『障《さわ》り』に侵《おか》された者だけが持つ、特有の痣が浮き出ていた。


「あぁ、くそっ！　ツヴァイとセシルはどこに行ったんだ！」

焦《じ》れたようにそう言ったのは、オスカーだった。

セシリアとツヴァイがいなくなって十数時間後、ギルバートとオスカー、アインとグレースは、二人の行方《ゆくえ》を捜《さが》していた。

暗かった外はもう白み、朝日が昇《のぼ》ろうとしている。

「とにかく、南の方はまだ捜してません。行ってみましょう」

額に冷や汗《あせ》を浮かべたギルバートは、荒《あら》い呼吸のまま南側を指さす。

グレースも汗を輪郭《りんかく》に滑《すべ》らせながら、声を張った。

「アインさん、他《ほか》にどこか思い当たる場所はないんですか？」

「そんなのあるわけねぇだろ！　あったらもうとっくの昔に伝えてる！」

一時間ほど前にはリーンも一緒《いっしょ》に二人の行方を捜していたのだが、彼女には『降神祭本番の日の夜明けを、祝詞《のりと》を上げながら迎《むか》える』というお役目があるため、迎えに来たモードレッドに会場の方へと連れて行かれてしまっていた。

セシルのことが心配なのだろう、最後まで抵抗《ていこう》していた彼女だったが、「神子《みこ》候補がこの大役をすっぽかしたとなれば、もしセシルくんが見つかったとき、彼の責任問題になります」と説得され、渋々《しぶしぶ》従った形だ。

ギルバートは走りながらグレースの隣《となり》に並ぶ。そして、声を潜《ひそ》めた。

「二人がいる場所、本当にわからないんですか!?」

「ツヴァイさんのバッドエンドの場所はランダムなんです。私が見たエンディングの場所はいくつか回りましたが、そこにはいませんでしたし。そもそも、これがバッドエンドなのかどうかも……」

グレースの知っているバッドエンドの話と現在の状況《じょうきょう》には、大きな開きがあるらしい。そもそも降神祭で舞台なんて企画《きかく》されていないため、楽屋から出たところで攫《さら》われるなんてストーリーはないし、バッドエンドへの分岐《ぶんき》はもう少し後の予定だというのだ。

つまり、変えてしまった運命のしわ寄せが、今ここで来ているということだった。

それから一時間ほど経《た》って、人がパラパラと大通りに出てくる時間になっても、二人は見つからなかった。思い当たる節は全て捜したが、痕跡《こんせき》さえも見つからない。

夜通し走った足は棒のようで、一番体力があるオスカーでさえも疲《つか》れが全身からにじみ出ていた。アインは全員に向かって頭を下げる。

「みんな、本当に悪い！　俺、ツヴァイが最近おかしいことに気がついていたのに……」

ツヴァイがおかしくなったのは三日ほど前からだったそうだ。セシルと共に散歩に出ていたアインは、帰ってくるやいなや片割れに「誰と、どこ行ってたの？」と問い詰《つ》められたらしい。別に隠《かく》すことでもなかったので正直に言うと、彼はなぜか激昂《げっこう》。そしてアインに「もうセシルと一緒にいるのはやめて欲しい」と懇願《こんがん》してきたそうだ。

「その時は、なんか疲れてんのかなって、思ってたんだ。でも今考えたら、なんかアイツ思い詰めた顔してたし、おかしかった気もする」

悔しそうな顔で下唇《したくちびる》を噛《か》みしめるアインの背を、オスカーが軽く叩《たた》く。

「悔《く》やむのは後だ。今は二人を捜すことに専念するぞ」

「人通りが多くなってきたので、ここからは聞き込む人間と、足で捜す人間に分かれましょうか」

ギルバートは留《とど》まりかけた空気をそう切り替えた。

「あぁ。それと、そろそろうちの兵を出す準備もいるな」

「……そうですね」

オスカーの言葉に、ギルバートは重々しく首を縦に振る。

国から兵を出すということは、セシルの正体をセシリアだと明かすことを指していた。ただ『王太子の婚約者《こんやく》の男爵子息《だんしやく》が友人と一晩いなくなっただけでは、当然兵は出せないからだ。『王太子の婚約者が行方不明になった』という名目なら、その辺りは問題ない。

「こんにちは」

その時、アインの背にかけられるように声がした。振り返ると、そこには穏《おだ》やかな笑《え》みをたたえる青年がいる。目深《まぶか》にかぶったフードから覗《のぞ》く髪《かみ》の毛は茶色で、その奥にある瞳《ひとみ》は深いアメジスト色だ。彼の後ろには付き従うように黒い長髪《ちょうはつ》の青年もいる。

（瞳が紫色《むらさきいろ》？）

彼の姿を見るやいなや、ギルバートの眉間《みけん》に皺《しわ》が寄った。彼の瞳の色は、この辺では見かけない色だからだ。隣国《りんごく》のノルトラッハではよく見る色だが、ここまで深いアメジスト色は王族でないと珍しい。

（まさか……）

嫌《いや》な予感が頭をよぎる。かの国の第三王子には放浪癖《ほうろうへき》があり、お忍《しの》びでいろんな場所を巡《めぐ》っていると聞いたことがあった。話によると、彼の髪は新雪のような白色らしいが、髪の色程度ならいくらでも変えられるだろう。

（もしそうなら……）

「先日はお世話になりました」

紫色の瞳を持つ彼は、アインに向かって唇を引き上げた。

どうやら、二人は知り合いらしい。

「何かお捜しものですか？」

穏やかで優《やさ》しい彼の口調に、アインははっとした顔になったあと、かぶりついた。

「お前、そういえばアイツのこと知ってるよな！　あのな!!　セシ――」

「アイン、彼はダメだ」

アインを止めたのはオスカーだった。彼はアインの腕を引くと、後ろに下がらせる。そして自身が、紫色の瞳を持つ男の前に立つ。

「こんなところでなにをしておられるのですか、ジャニス王子」

驚《おどろ》くアインの側《そば》でギルバートは、やはりそうか、と表情を曇《くも》らせる。

外交に出たことがないギルバートですら、ジャニス王子の悪評は度々《たびたび》耳にしていた。

国の金を横領した大臣の首をその場で刎《は》ねたとか、嫁《とつ》いで来た姫《ひめ》の腕《うで》を戯《たわむ》れに切り落としたとか、子どもを亡《な》くした父親に『お前の子どもを殺したのは彼だ』と嘘《うそ》を教え、なにも関係の無い人間を殺させたりとか。彼の名前の次に聞くのは、そんな聞くに堪《た》えない醜聞《しゅうぶん》ばかりだ。

「いやぁ、やはり殿下《でんか》には変装していてもバレてしまいますか。ちょっと物見遊山《ゆさん》ですよ。プロスペレ王国の降神祭は有名ですからね」

「護衛も大してつけずにですか？」

「私は殿下とは違《ちが》い、特に期待されていない第三王子ですからね。こんなものです」

虫も殺したことがないような笑みでジャニス王子は肩《かた》をすくめる。

（こんなところで……）

思わぬ人物の登場に、ギルバートは臍《ほぞ》を噬《か》んだ。正直、足止めを食《く》らっているヒマなどない。

これがツヴァイのバッドエンドではないにしても、二人の居所を今すぐ見つけなければ、最悪、取り返しのつかない事態になる可能性だってあるからだ。

しかし、相手は隣国《りんごく》の王族。お忍びで来ているという点を差し引いても、このまま「はいそうですか、それでは勝手に楽しんでください」というわけにはいかないだろう。彼が望めば、祭りの案内ぐらいはしなくてはならない。

（もうこうなったら、多少強引《ごういん》にでも――）

なんとか理由をつけてこの場から離《はな》れるしかないだろう。幸いなことにここにはオスカーがおり、彼一人が相手をすれば国交上失礼には当たらない。なので、この場を離れる理由さえあればギルバートは自由だ。

この場を離れる理由に考えを巡らせたその時、いつもとはまったく違うグレースの様子が目に入った。

「まさか……」

「どうしたんですか、グレース」

震《ふる》えるグレースに声をかけると、彼女はギルバートの服の裾《すそ》をぐっと掴《つか》んだ。

「もしかすると、リーンさんが危ないかもしれません！」

グレースがそう言った直後、ジャニス王子が「あぁ、そうそう」と楽しそうな声を上げた。

「先ほど、あちらの方で何か騒《さわ》ぎが起こっていましたよ？　神子が祝詞を上げている付近でしょうか。皆様《みなさま》、行ってみたらどうですか？　面白《おもしろ》いものが見られるかもしれませんよ？」

その言葉に、グレースは焦《あせ》った表情を浮《う》かべ、すぐさま走りだした。


ぎゅっと首を絞《し》められたかと思えば、気を失う瞬間《しゅんかん》に緩《ゆる》められる。目を開ければ、エメラルドの瞳が怒《いか》りと後悔《こうかい》と懺悔《ざんげ》に揺《ゆ》れていて、声をかけようとした瞬間、また首を絞められる。

何時間も、それの繰《く》り返しだった。

首を絞めている側も絞められている側ももう体力の限界で、もうろうとした意識の中、セシリアはただじっとアインの痣《あざ》だけを眺《なが》めていた。

（『障《さわ》り』って、こんな風に憑《つ》く人もいるんだな）

それが正直な感想だった。

腹の上にまたがっているツヴァイには、何の恨《うら》みも憎《にく》しみもない。だって彼は、本心ではきっと、セシルを殺したいだなんて思っていないからだ。だから『障り』に侵《おか》されてもなお、彼はこんなに躊躇《ちゅうちょ》する。

（触《ふ》れることができたら、消せるのに）

しかし、両手を縛《しば》られた状態では、それは叶《かな》わない。ロープを切ろうにも、道具も方法もない。ただ気まぐれに紋められた首に反応することしか、今のセシリアには出来なかった。

「ねぇ、一つ質問していい？」

手の力が緩むと同時に、セシリアは掠《かす》れた声を出した。手の力が緩んだすぐ後なら、話ぐらいは聞いてもらえるかと思ったからだ。思った通り、ツヴァイは少し驚いた表情を浮かべた後「なに？」と応《こた》えてくれる。

「俺を呼び出すとき、どうしてアインを名乗ったの？」

「だって僕のままじゃ、セシルはついてきてくれないと思ったから……」

「どういうこと？」

「だってセシル、僕のこと嫌《きら》いなんでしょ」

意味がわからなかった。自身の行動を振《ふ》り返ってみても、それらしい会話も、勘違《かんちが》いさせてしまうような言動も思い出せない。

むしろ彼とは、友好的に接してきたはずである。

「僕、知ってるんだ。セシルとアインが、僕の悪口言ってたって……」

「そんなこと言ってないけど」

「嘘つかないでよ！」

首に回った手がまたぐっと力を増した。しかし今度は、息が出来ないほどではない。彼もまだ回復しきっていないらしい。

「聞いたって人がいたんだ！　二人が僕の悪口言ってるの、聞いたって人が――！」

三日前、ツヴァイは一人の知らない男性に声をかけられたそうだ。フードを目深にかぶった茶髪の彼は、深い紫色の瞳を細めながら『先ほどぶりですね』と笑いかけてきたらしい。

話を聞いてみると、彼は先ほどアインとセシルの二人と知り合いになったそうで、ツヴァイのことをアインだと思い込み、話しかけてきたというのだ。

『アインとは双子《ふたご》なんです。僕が弟で』

『あぁ。あなたが……』

含《ふく》みが入ったその相づちが気になったらしい。それはまるで、ツヴァイのことを最初から知っていたかのような口ぶりだったからだ。セシルとアインが自分のことを話したのだろうかと、ツヴァイは気軽な気持ちで『僕のこと知ってるんですか』と聞いた。すると、彼は少し困った顔をした後、こう言ったそうだ。

『知ってるというか。先ほどお二人が会話しているのを立ち聞きしてしまっただけなんですよ。ちょっと物騒《ぶっそう》なお話だったので、耳に残ってしまっていただけで』

『物騒？　僕のことで、ですか？』

『まぁ、聞き間違いってことかもしれませんね。君は、その、いい人そうですから』

歯切れの悪いその言葉に、ツヴァイは食いついた。『二人は僕のことをなんて？』と聞くと、彼は『あの、傷つかないで欲しいのですが……』と前置きをした後、こう言ったそうだ。

『二人はあなたのことを――』

『母親を見殺しにした奴《やつ》、と』

訥々《とつとつ》としたツヴァイの言葉に、セシリアは叫《さけ》ぶ。

「俺はそんなこと言ってない！」

「じゃぁなんで！　あの人が母さんのこと知ってるんだよ！　僕の他《ほか》に知ってるのは、セシルかアインしかいないじゃないか……」

涙《なみだ》で濡《ぬ》れた声を聞きながら、セシリアは、そういえば……と三日前のアインの言葉を思い出した。ツヴァイが会ったであろう男と別れたすぐ後のことだ。

『いや。アイツ、実は見たことがあるんだよ』

『そうなの？』

『あぁ、カディおじさんの家で。……気のせいかもしれないけどな』

（まさか……）

セシリアの脳裏《のうり》に、その男の容姿がはっきりと思い浮かぶ。茶色い髪《かみ》の毛に、アメジストのような紫色《むらさきいろ》の瞳《ひとみ》。攻略《こうりゃく》対象ばりの整った、しかしどこかで見たことがある顔立ち。

あの茶色い髪の毛が、もし白髪《はくはつ》だったら？　着ていた服が、もっと王族らしいものだったら？

（ジャ、ジャニス王子!?）

全《すべ》てが繋《つな》がった瞬間だった。

しかもジャニス王子は『障り』を人に憑かせることが出来る特性があるらしい。

（つまり、ツヴァイの『障り』は……）

ジャニス王子に憑けられた可能性がある。しかも状況《じょうきょう》的に考えて、アインとツヴァイの母親を殺したとされるカディも、彼の毒牙《どくが》にかかっていた可能性も出てきた。

「僕だって、セシルのことを傷つけたいわけじゃないんだ。だって僕もセシルと……」

「ツヴァイ、落ち着いて！　あのね!!」

「でもあの人が、セシルが僕とアインの仲を引き裂《さ》くって――！」

ぶわっとツヴァイの身体《からだ》から黒い靄《もや》が溢《あふ》れる。その瞬間、これまで以上に首を絞められた。

「みんな、みんな、僕のことが邪魔《じゃま》なんだ！　父さんだって、使用人のみんなだって、本当は母さんの代わりに僕が死ねば良かったって思ってるんだ！　アインだって、僕がいなくなれば、もう『悪魔の子』なんて呼ばれることはないんだし、セシルだって――!!」

その直後、ふっと苦しさがなくなった。見上げれば、ツヴァイが両手で顔を覆《おお》っている。

「……そうか」

何か答えを得たように呟《つぶや》いて、彼はセシリアの腹の上から立ち上がった。

そして、おぼつかない足取りでセシリアから距離《きょり》を取り、側《そば》にあった机に片手をつく。

「そっか、そうだよね」

「……ツヴァイ？」

「セシルじゃなくて、僕がいなくなれば良かったんだよね」

彼の片手の隙間《すきま》から覗《のぞ》く顔に、痣が這《は》っている。植物のツタのような痣はもう彼の右顔全てを覆っていた。

ツヴァイの手が机の上をまさぐる。そして、何かを摑《つか》んだ。

「僕が死ねば良いんだ。そしたら、セシルのことも傷つけなくて済むし、アインにもこれ以上迷惑《めいわく》かけなくて済む。アインはこれからもっと、幸せにならないといけないんだ」

「ツヴァイ！」

彼が持っていたのは、猟師《りょうし》が動物の皮を剝《は》ぐときに使うナイフだった。手は震《ふる》えているものの、今のツヴァイは刃物《はもの》を怖《こわ》がらない。母親を亡《な》き者にした刃物への恐怖《きょうふ》よりも、『障り』が増幅《ぞうふく》させた自分自身への殺意の方が感情的に上回っているのだろう。

ツヴァイはナイフの先を喉元《のどもと》に向けた。呼吸が荒《あら》くなる。セシルを殺そうとしていたときに見せた躊躇は、今の彼にはなかった。

「セシル、傷つけてごめんね」

そうして、ナイフが彼の首に触れようとした瞬間《しゅんかん》――

「なに、言ってんの――!!」

セシリアは、頭からツヴァイに体当たりした。ツヴァイを転《こ》けさせると、手に持っていたナイフを彼の手のひらごと蹴《け》り飛ばす。ナイフは床《ゆか》を滑《すべ》り、そして棚《たな》の下に滑り込んでしまった。

「セシル、なにして⁉」

「うっさい!!」

先ほどのお返しとばかりに彼の腹の上に乗る。そして大きく身体をのけぞらせた後、

――思いっきり、頭突《ずつ》きを食《く》らわせた。

二人の頭上に星が回る。額はどちらも真っ赤になっていた。

いち早く意識を取り戻《もど》したセシリアは、ツヴァイの顔に広がった痣《あざ》がないことを確かめる。

(痣、ちゃんとなくなってる……)

セシリアは息をつき、ツヴァイの腹の上から降りると、その場にへたり込んだ。

多少強引《ごういん》だったが、ちゃんとこれで祓《はら》うことが出来たらしい。

「もー、やだ。つーかーれーたー！」

全身の筋肉が弛緩《しかん》して、汗《あせ》がどっと噴《ふ》き出る。肺の空気を全て吐《は》き出せば、隣《となり》に寝転《ねころ》がっていたツヴァイが「……なにやってるの」と呆《あき》れたような声を出した。

「ツヴァイ」

「なんか僕、おかしくなってたね」

「気分は？」

「……最悪」

彼は起き上がり、セシリアの腕《うで》を縛《しば》っていた縄《なわ》を解く。何時間も縛られていただろう彼女の腕はこれでもかと赤くなっていた。所々、水ぶくれのように腫《は》れ上がってもいる。

ツヴァイはセシリアの腕を見て、顔を歪《ゆが》めた。

「僕ほんと、なにやってるんだろ。こんなことで怒《おこ》って、セシルのことまで殺そうとして。アインだって心配してるだろうし、みんなだって……」

彼は壁《かべ》に背を預けた状態で、膝《ひざ》を抱《かか》え、小さくなる。

「どうしよう。さっきより、今の方が数倍死にたい」

消え入りそうな声に、セシリアは彼の頭をぺちっと叩《たた》いた。

「死にたいなんて言わない」

「世の中にはね、死にたくなくても死んじゃう人や、生きたくても生きられない人がいるの！」

「セシル……」

ツヴァイの顔がゆっくりとセシリアを見上げた。

彼女は落ち込む彼を勇気づけるように頰《ほお》を引き上げる。

「お母さんに救ってもらった命でしょ。アインに守ってもらった命でしょ。だから、簡単に死にたいとか言っちゃダメ。みんな、悲しむよ」

彼女は隣に座るツヴァイに身体を預けるようにしながら、頭を合わせる。

「それでも、どうしても弱音吐きたくなったら、また俺が聞いてあげるからさ。簡単にそういうこと言うようになっちゃダメだよ？」

「うん」

「絶対だよ？」

「……わかった」

ツヴァイが頷《うなず》くと、セシリアは「それなら、よし！」と満面の笑《え》みを浮《う》かべる。

彼も膝に口元を埋《うず》めながら、困ったような顔で唇《くちびる》を引き上げた。

「ってか、もう夜明けだねー」

「みんな、捜《さが》してるかな」

「捜してるかもねー」

途中《とちゅう》から気づいていたが、太陽はもうそれなりの位置へ来ていた。目が覚めたのが夜明け前だったらしく、すぐに太陽が昇《のぼ》り始めたのだが、正直その時はそれどころではなかった。

(これは怒られそうだなぁ……)

セシリアは苦笑いを浮かべた。もう二人が消えてから結構な時間が経《た》っている。当然、皆《みな》二人がいなくなったことには気がついているだろう。もしかしたら、心配して捜し回ってくれているかもしれない。

それに今日は、降神祭本番日だ。本当なら、明け方近くから祝詞《のりと》を上げるリーンの側で、セシリアは彼女と一緒《いっしょ》に夜明けを迎《むか》えなければならなかった。それが騎士《きし》の役割である。

(ま、七人もいるんだし、その辺はなんとかなってるか——……あ?)

なにか大事なことを忘れている気がして、セシリアは天井《てんじょう》を見上げる。そして、しばらく固まった後、顔を青くし、勢いよく立ち上がった。

「やばい!」

「どうしたの、セシル」

「リーンが! このままじゃ、リーンが危ないかも!」

セシリアは唇を震わせる。彼女の頭に浮かんでいたのは、グレースのとある言葉だった。

『私も話を聞いて思い出したんですが、「主人公とジャニス王子が降神祭で会う」ことが分岐《ぶんき》になるバッドエンドがあるんです』

ルートの発生条件は、『降神祭の神子《みこ》代理に選ばれたにもかかわらず、ノーマルルートへ行くための好感度には達していないうえ、特定のキャラクターからすごく嫌《きら》われている』という希有《けう》なものだったが、よく考えてみればリーンにそれが当てはまらないでもない。

そして分岐は——

(私がジャニス王子に会っちゃってる!)

これまでも、主人公《リーン》の代わりを意図せずセシリアが務めてしまうことが希《まれ》にあった。今回もそうだとは限らないが、可能性は十分にある。

「ねぇ！　ここ、どこら辺？　アーガラムとはどのくらいの距離？」

「えっと、徒歩だと二時間ぐらい？」

「二時間!?　それじゃ、間に合わない！」

もし本当にバッドエンドに向かっているのだとしたら、時間的猶予《ゆうよ》はもうない。むしろ、今すぐにたどり着いても遅《おそ》いぐらいだろう。二時間なんて費やしている場合ではない。

「リーンのところに行きたいの？」

焦《あせ》っている彼女にツヴァイが静かな声で問う。

セシリアがそれに頷くと、彼は立ち上がった。

「わかった。じゃぁ、僕が今すぐ連れてってあげる」

セシリアが目を丸くすると、ツヴァイは自身の宝具を触《さわ》った。

「僕らの本当の能力は『共有』じゃないんだ」

神子が祝詞を上げるのは、首都アーガラムの中央広場。木組みで出来た、成人男性の身長の二倍以上はあるだろう高い舞台《ぶたい》のてっぺんだ。

毎年神子は、十月三十一日の朝日を女神《めがみ》として迎え入れ、人々は白い衣装《いしょう》でそれを見守る。そして長い祝詞が終わると同時に、絵に描《か》いたようなお祭り騒《さわ》ぎが始まるのだ。

しかし、今年の降神祭本番日は、例年とは別の異様な喧噪《けんそう》に包まれていた。

「カリターデ教は滅《ほろ》べ！」

「神子は悪魔《あくま》の使いだ！」

飛《と》び交う悲鳴と怒号《どごう》に、群れをなして舞台に突撃《とつげき》してくる反カリターデ教の人々。胸に赤いハンカチーフをつけた彼らは、顔を木で出来た仮面で覆《おお》い、それぞれに鍬《くわ》や鋤《すき》といった武器を携《たずさ》えていた。そして、その身体《からだ》から溢《あふ》れる黒い靄《もや》のようなもの。

彼らは全員『障《さわ》り』に侵《おか》されていた。

「これは一体どういうことだ……」

会場に着いたオスカーは目の前の光景にそう声を震《ふる》わせた。

鍬や鋤を持った暴動者達に、教会から派遣《はけん》されたへっぴり腰《ごし》の兵。数が揃《そろ》っていない状態で必死に剣《けん》を振《ふ》るう憲兵に、リーンを守るように舞台に背を向ける学友達。そして、それを見守る野次馬《やじうま》と、逃《に》げ惑《まど》う人々。

いつもの『降神祭』とはほど遠い光景に、一同は言葉を失った。

「オスカー！　ギル！」

声がした方向を見ると、ジェイドが手を振っている。一同が駆《か》け足でそちらに向かうと、疲《つか》れ切った顔のジェイドとモードレッドが彼らを迎えた。

「やぁっと来てくれたぁ……」

「これは、どういうことですか？」

険しい顔でギルバートがそう問うと、ジェイドは今にも泣きそうな顔で説明をしてくれる。

「リーンが祝詞を上げてる最中に、反カリターデ教の奴《やつ》らが徒党を組んで襲《おそ》ってきたんだよ。しかも全員『障り』が憑《つ》いてる状態で！　憲兵の人も来てくれたんだけど、数が少なくて……」

「作戦も立てずに突《つ》っ込んでくるだけなのでまだ助かりましたが、ダンテくんとヒューイくんがいなかったら危なかったかもしれませんね」

後方支援《しえん》向きの二人に荒事《あらごと》は厳しかったのだろう、二人の全身からは疲れがにじみ出ていた。

そうこうしていると突如《とつじょ》、側《そば》に人が仰向《あおむ》けで滑《すべ》り込んでくる。胸に赤いハンカチーフをつけているので、反カリターデ教の人だろう。仮面は剝《は》ぎ取られ、その下には『障り』特有の痣《あざ》が浮き出ていた。そんな彼を踏《ふ》みつけて、痣に触《ふ》れたのは――

「ダンテ！」

「あ。オスカー、やっと来たんだ！　助かるー！」

そうヘラリと笑ったのは彼の親友だった。頰には、わずかに返り血がついている。

「……遅いぞ」

続けて現れたのは、ヒューイだ。彼の手中には『障り』に侵され、唸《うな》る人間がいた。手足の関節を外されているのだろうか。唸っているわりには、彼は身動きがとれていないように見える。こちらも先ほどの男と同様、顔に痣があった。どうやら、痣はあの仮面の下にあるらしい。

ヒューイは男をジェイドに向かって投げた。

「ジェイド頼《たの》む」

「わ、わかった！」

ジェイドは痣に触れる。すると男は唸ることをやめ、痣が消えると同時に意識を飛ばしてしまった。そんな彼をすかさず治療《ちりょう》するのはモードレッドである。騎士でないヒューイは今までこんな風に『障り』を処理していたようだ。

それぞれの苦労を垣間見《かいまみ》たオスカーは、首を鳴らすダンテに近づく。

「任せっぱなしにして悪かった」

「こっちはいいよ。それより、そっちの首尾《しゅび》は？　セシル、またいなくなったんだろ？」

そう言ってオスカーの後ろを覗《のぞ》くダンテに、オスカーは悔《くや》しそうな顔で「……見つからなかった」と呟《つぶや》く。その言葉に彼は一瞬《いっしゅん》黙《だま》った後、薄《うす》く笑《え》みを浮《う》かべたまま、励《はげ》ますようにオスカーの肩《かた》を叩《たた》いた。

「そ。それじゃ、さっさとこっちを片付けて、全員で捜《さが》しにいこっか。……ギルもそれでいい？」

ダンテはオスカーの肩を摑《つか》んだまま、後ろにいるギルバートにそう聞く。ダンテの視線に促《うなが》されるように振り返ると、彼が重く頷《うなず》くのが見えた。

「構いませんよ。この人数で捜せるところはもうあらかた捜しました。これで見つからないということは、何か別の手を考えるか、もう少し人員を増やさないといけないということでしょう。このままの状態で、人捜しに人を割《さ》けるとは思いませんし。セシルをいち早く捜し出すには、状況《じょうきょう》を打破するのが一番の近道だと思います」

「お。子どもみたいに暴れ回るかと思ったのに、意外と冷静だね」

茶化《ちゃか》すようなダンテの言葉に、オスカーは「おい！」と彼を窘《たしな》める。ギルバートも気分を害したようで、彼の気配はますます険を帯びた。

「……そう見えますか？」

「怒《おこ》るなよ。上手に繕《つくろ》ってるねって褒《ほ》めたんだから」

ダンテは二人に背中を向けた。そして、まるで準備運動をするかのように屈伸《くっしん》を始める。

「で。それじゃ、どうする？　オスカー達が来たとはいえ、数は圧倒的《あっとう》に不利だ。消耗《しょうもう》戦になれば、絶対こっちが負ける。こんな衆人環視《しゅうじんかんし》の中じゃ俺とヒューイは実力を発揮できないし、リーンを連れて逃げようにもこの人数での追いかけっこは、さすがの俺でもしたくない」

「それならとりあえず、こちらの人数を増やしましょうか」

答えたのはギルバートだった。ダンテは振り返りながら「どうやって？」と首を傾《かし》げる。

「広場の中央でそこら辺の馬小屋から拝借した干し草を燃やすんです。こちらの騒ぎが届かない場所でも、上がった煙《けむり》はよく見えますからね。ここら辺一帯は木で出来た建物も多いですから、火事が起きたとなれば憲兵達は飛んでくるでしょう」

「でも、火事だと思って集まってきた奴らが、この状況をちゃんと理解して行動できる？」

「そこら辺は殿下《でんか》がいるんで、どうとでもなるんじゃないですか？」

集まった視線に、オスカーは「俺が？」と自身を指さす。

「そこら辺の貴族ならいざ知らず、王太子が自ら指揮を執《と》って、従わない憲兵はいないでしょう？　さらに、どんな立場の人間が来ても、命令系統が混乱する恐《おそ》れもない」

「それは確かにそうかもしれないが、指揮を執るといっても、集まってきた奴らになにをやらせるんだ？　彼らに『障り』は祓《はら》えないんだぞ？」

オスカーの言葉にダンテは思案顔で顎《あご》を撫《な》でた。

「定石を踏むなら、憲兵達にはあいつらの捕縛《ほばく》だけお願いして、『障り』の方は後で俺たちが祓《ふ》うって方法だけど……」

「縄《なわ》で縛《しば》っておくにしても、一人を無傷で捕《つか》まえるのに兵は三人必要だ。しかも、捕《と》らえているうちに他《ほか》の奴らに攻撃《こうげき》されないとも限らない。兵達の安全も考えるなら、捕らえる人数の四倍以上の人員が必要になってくる」

「さすがに、それだけの人数はすぐに集まりませんか……」

ギルバートが厳しい声を出したその時、オスカーの袖《そで》がくいっとひかれた。振り返ると、必死の形相を浮かべるジェイドとアインがいる。

「それなら、あれとか使えない⁉」

ジェイドが指した先には、縄で出来た網《あみ》があった。

「あれで一気にまとめて捕まえて、一人ずつ縄で縛っていくって感じにしたら、人数そこまでかからないんじゃない？」

「こんなもの、どこで見つけたんだ？」

網に近づいたオスカーが驚《おどろ》いた顔でそう尋《たず》ねると、ジェイドはとある雑貨屋に視線を向けた。

「あの雑貨屋さん。鹿《しか》の革《かわ》で出来た工芸品を売ってたから、もしかするとって思って納屋《なや》を覗いてみたんだ。そしたら、狩猟《しゅりょう》道具の中にこれがあって。アインに手伝ってもらってここまで運んできたんだよ」

運んできたところで、ちょうど三人の話が聞こえてきたということらしい。

ダンテはジェイドの背中を勢いよく叩く。

「すごいじゃん、ジェイド！　お手柄《てがら》！」

痛そうな音とともにジェイドの背筋が伸《の》びる。そして、「ダンテ、痛い！」と涙目《なみだめ》になった。

オスカーは地面に置いてある網を広げる。大型の動物を捕まえるものなのか、大きさは結構なものだった。これなら人間相手でも十分に使えるだろう。しかし――

「数が足りないな」

「あといくつ必要なんですか？」

覗いてきたギルバートにオスカーは低い声を出す。

「軽く見積もって、十から十五。二十あれば安心できる数だな……」

しかし、そう都合良く同じような網が見つかるわけがない。

それぞれが苦い顔をしたその時、静かなアインの声が耳に届いた。

「これと同じものがあればいいのか？」

「ある場所、知ってるのか？」

膝《ひざ》をついたままオスカーが顔を上げると、アインは「いいや」と首を振《ふ》る。そして、彼は自身の腕輪《うでわ》に触れた。

「俺が増やす」

そこからは殆《ほとん》ど作戦通りだった。

煙を見て焦《あせ》った形相で集まる憲兵。それを指揮するオスカー。建物の上から網を落とすタイミングを指示したのはギルバートで、地上はダンテとヒューイが担当した。治療はモードレッドとグレースが手分けをし、ジェイドは避難誘導《ひなんゆうどう》。アインはひたすらオスカーの側で網を増やし続けた。

そうして三十分後、最後の一人を捕まえて暴動は鎮圧《ちんあつ》された。怪我《けが》人は複数出たが、死者は一人も出なかった。完全にこちら側の勝利である。

あとは捕まえた人たちの『障《さわ》り』を一人ずつ祓っていけば終わりだ。

静かになった広場に、一度避難した人たちも様子を見に帰ってくる。

「まさか、アインの能力が『複製』だったなんてね」

オスカーの側に腰《こし》を下ろしながらジェイドはそう言う。どこかで転《こ》けたのか、その頰《ほお》には泥《どろ》がついていた。今にも地面に寝転《ねころ》がりそうなジェイドに困ったような笑みを向けた後、オスカーは両肩で息をするアインに視線を落とした。

「そういえば、お前達の能力は『共有』だとか言ってなかったか？」

「俺たちの能力は確かに『共有』だよ。ただそれは一緒《いっしょ》に使えばって話で、俺自身の能力は『複製』だ」

「つまり、ツヴァイにも別の能力があるってこと？」

ジェイドの疑問にアインは「あぁ」と短く頷いた。

ツヴァイという名を聞いて、オスカーの脳裏《のうり》にセシリアの顔が浮かぶ。

昨晩ツヴァイと共に姿を消した彼女は、今どこで一体何をしているのだろうか。アインの話だと、彼女を攫《さら》っただろうツヴァイは、数日前からなぜか相当追い詰《つ》められていたらしい。もしかすると、ツヴァイはセシリアにアインを取られてしまうとでも思っていたのだろうか。それならば、ツヴァイがセシリアを攫った理由も自《おの》ずとわかってくる。

（ダメだ……）

頭をよぎる最悪の事態に、オスカーは頭《かぶり》を振った。そんなこと考えたくもないのに、どうしても頭に、彼女の凄惨《せいさん》な姿が浮《う》かんできてしまう。

そんな彼を現実に引き戻《もど》したのは、ダンテの声だった。

「んじゃ、そろそろツヴァイとセシルも捜さないとね！」

明るい調子でそう言われ、肩を叩かれる。そして、「後でちゃんと先生に治療《ちりょう》してもらいなよ」と手を指された。何のことかわからず、指された手のひらを広げてみれば、血が滲《にじ》んでいるのが目に入る。どうやら、手を握《にぎ》りしめすぎて、爪《つめ》が食い込んでしまったらしい。

(情けないな……)

これまでに何度も、どんなときにでも冷静さを忘れてはいけないと教えられてきたのに、どうにも彼女のことになると冷静さが保てない。

「なぁ、そろそろリーンを降ろしてやってもいいか？」

ダンテの後ろをついてきたヒューイにそう問われ、オスカーは手のひらから視線を外し、

「あぁ」と頷《うなず》いた。

本当はもう少し早く降ろしてやっても良かったのだが、それだと敵の的が分散する恐れがあったので、リーンには囮《おとり》として舞台《ぶたい》に残ってもらっていたのだ。

(なんにしてもこれで、セシリアを捜しにいけるな)

そう安心したその時――

「カリターデ教は滅《ほろ》びろ――!!」

一人の男が舞台に向かって走ってくる。手には縄を切ったときに使ったであろうナイフと瓶《びん》が握られていた。その瓶の先には火がついている。

火炎《かえん》瓶だ。

誰《だれ》もがそれを認識《にんしき》する前に、男はそれをリーンがいる舞台に向かって放《ほう》り投げた。

「きゃぁっ！」

炎《ほのお》に包まれる階段。悲鳴を上げるリーン。炎はあっという間に舞台を包んだ。

「リーン！」

「やめとけ！　今行くな！」

「離《はな》せよ！」

視界の隅《すみ》で、ダンテとヒューイが言い争う。ジェイドも「ど、ど、どうしよう！　リーンが！　リーンが！」と慌《あわ》てふためいていた。

オスカーも焦《あせ》ったように辺りを見回すが、近くに炎を消せるようなものは何一つとしてない。

（どうすれば――！）

炎はじわじわとリーンの足下《あしもと》にまで迫《せま》ってくる。

その時、足下にいたアインが舞台を見つめながら何やら呟《つぶや》いているのが目に入った。

「……れば……」

「アイン？」

「こんなときにツヴァイがいれば……」

彼は握りしめた両手の拳《こぶし》を地面に打ち付けた。

「なにやってんだよ、あの馬鹿野郎《ばかやろう》！」

そうアインが絶叫《ぜっきょう》したその時、リーンがいる舞台が光り輝《かがや》いた。

それは、まるで神話のワンシーンのようだった。

この国で育った者なら幼子だって知っている、有名な最後のシーン。

悪魔《あくま》の反撃《はんげき》に遭《あ》い、燃えさかる地獄《じごく》の炎に取り残されてしまう女神《めがみ》。

それを助け出すのは、いずれこの国の王となる、一人の男性《王子様》。


靡《なび》くハニーブロンド。輝くサファイアの瞳《ひとみ》。

白い修道服に身を包んだリーンをその腕に抱《だ》き、彼は炎を割って飛び出てくる。

彼は軽《かろ》やかな足取りで地面に降り立つと、震《ふる》える彼女を立たせ、その頬についた煤《すす》を親指で拭《ふ》いた。そうして、今にも崩《くず》れそうな、安心しきった笑《え》みを浮かべる。

「間に合って良かった」

その瞬間《しゅんかん》、広場に歓声《かんせい》と拍手《はくしゅ》が沸《わ》き上がった。

✦エピローグ✦

「えっと。つまり……『二人で話してたらものすごく意気投合しちゃって、舞台ほっぽり出して夜が明けるまで遊んでたんだけど、リーンのピンチに気がついてツヴァイの『転送』の力でここまでやってきた』ってこと？」

「そうです！」

暴動者の『障り』を祓《はら》い終えた、その日の夕方。セシリアは学院にあるサロンで、床《ゆか》に正座したまままそう頷いた。隣《となり》には同じように正座をしたツヴァイ。二人の目の前には呆《あき》れ顔のギルバートがいた。

そしてその後ろにはオスカーとダンテ、それに項垂《うなだ》れるアインもいる。

ちなみに、二人の正座はさせられているわけではなく、自主的にしているものである。

「……自分で言ってて無理があるって思わない？」

「お、思わない！」

背筋を伸《の》ばしながら、セシリアは大きな声でそう主張する。

ギルバートは困ったような顔で、眉間《みけん》の皺《しわ》を掻《か》いた。そして、赤い痕《あと》が残る彼女の首元にチラリと目をやり、大きなため息をつく。

「あのさ……」

「ぜ、全部僕が悪いんです！　本当にごめんなさい！」

ギルバートの声を遮《さえぎ》るようにそう言ったのはツヴァイだった。彼は深々と頭を下げる。

「僕、セシルにアインを取られちゃうって、なんか勘違《かんちが》いしてて！　それで、セシルを――」

「違うでしょ！　アレは『障《さわ》り』が！」

「憑《つ》いてないときでも、僕はセシルに嫌《いや》がらせしてた！」

叫《さけ》ぶようにそう言って、ツヴァイはぎゅっと下唇《したくちびる》を噛《か》みしめる。

そして、今にも泣きそうな顔で、先ほど以上に頭を下げた。

「本当にごめんなさい。反省しています。憲兵にでもなんでも突《つ》き出してください！」

「俺からも謝ります。すみませんでした」

ツヴァイの隣に座ってそう頭を下げたのは、アインだった。ツヴァイの後頭部を持ち、彼は自分の額を地面すれすれまで持って行く。

「ツヴァイを罪に問うのなら、俺も一緒にお願いします。ツヴァイのしたことは俺の責任でもあるので」

凛《りん》としたその声に、ツヴァイは「アイン……」とますます声を緩《ゆる》ませた。そんな弟にアインは困ったように微笑《ほほえ》みかける。

「お前の罪は、俺の罪だろ。俺たちは二人で一つなんだから」

「ごめん。ほんとうに、ごめんね……」

大きな瞳からぽろぽろと涙《なみだ》を零《こぼ》しながら、ツヴァイはしゃくり上げる。頬《ほお》を転がる水滴《すいてき》を彼が袖《そで》で拭《ぬぐ》えば、アインが「赤くなるぞ」と優《やさ》しく声をかけた。

そんな光景に、セシリアも瞳を潤《うる》ませる。しかし――

「まったく。拉致監禁《らちかんきん》したうえに殺人未遂《みすい》って、謝って済む話じゃないんですよ」

「まぁ、そうだな」

そんな二人を眼前にしても、ギルバートとオスカーは頑《かたく》なだった。想《おも》い人が殺されかけたのだから、当然と言えば当然である。

オスカーはギルバートの隣に並び立つ。

「アインはともかく、ツヴァイは法に則《のっと》って裁かれてもらうぞ」

「書類の方は明日までに用意しますから、今日はおとなしく――」

「やだ！」

叫んだのはセシリアだった。あまりの唐突《とうとつ》さにオスカーもギルバートもピタリと固まる。

セシリアは立ち上がり、涙をいっぱい溜《た》めた目でこう叫んだ。

「心配させたのは、本当にごめんなさいだし！　一生懸命捜《いっしょうけんめいさが》してくれたのは、ありがとうだけど！　俺、なにもされてないって言ってるじゃん！」

「いや、しかし。お前、その傷で……」

「ツヴァイとは遊んでただけ！　この傷も自分でぶつけたの！」

「さすがにそれは……」

無理がある。それはセシリアだってわかっていた。首の痕はどう見たって絞《し》められたものだし、手首の水ぶくれだって、明らかに縄《なわ》の痕だ。しかし、ここで黙《だま》っていることは、セシリアには出来なかった。

「もしツヴァイに何かしたら、俺、俺、……二人のこと大っ嫌《きら》いになっちゃうからね!!」

そう言い放った瞬間、二人の空気がぴしりと固まる。意図して言ったわけではなく、たまたま口から飛び出た言葉だったのだが、二人には効果《こうか》覿面《てきめん》だったようだ。

オスカーは震える声を出す。

「だいっきらい……？」

「ちょ、ちょっと。セシル、落ち着いて！」

「落ち着いてる！　おかしいのは二人だもん！　俺、なにもされてないからね！」

めったに見ないセシリアの怒《いか》りに、二人は狼狽《うろた》えた顔でお互《たが》いを見た。そして、数秒の沈黙《ちんもく》。

最初に声を上げたのは、それまで沈黙を貫《つらぬ》いていたダンテだった。

「ふ、ふふ、ははは っ！　もう、セシル、最高!!」

腹を抱《かか》えて笑いながら、ダンテはオスカーとギルバートをかき分ける。そして、まるでセシリアに味方すると宣言するように彼女の肩《かた》に腕を回した。

「もう二人とも諦《あきら》めなよ。セシル、多分譲《ゆず》る気ないよ？」

「いや、しかし！」

「さすがに、これは……」

言いつのろうとする二人を無視して、ダンテはセシリアを覗《のぞ》き込む。

「セシル、『二人で舞台《ぶたい》ほっぽり出して、朝まで遊んでた』でいいんだよね」

「うん！」

「首の痕は？」

「自分でぶつけた！」

「この手首のはどうするの？」

「引っかけた！」

「……だってさ、二人とも」

満面の笑みでダンテがそう言い、オスカーとギルバートは再び顔を見合わせて、同時にため息をついた。降参、ということだろう。

その瞬間、セシリアの顔は、ぱあぁぁ、っと明るくなる。

「二人ともありがとう！　よかったね、ツヴァイ！」

「え、うん。でも、ほんとうにいいのかな……」

「いいの！　だって、俺たち、本当に遊んでただけでしょ？」

セシリアがそう言いながら、ツヴァイの手をぎゅっと握《にぎ》ると、彼は「ありがとう、セシル。本当にごめんね」と表情を崩《くず》した。

「あ、でも！　ドレスの件はちゃんとリーンに謝らないとだめだよ？　あれ、リーンが頑張《がんば》って作ったものだからね！」

「それは、もちろん！　出来るかどうかわからないけど、あれなら僕が作り直すし！」

「その必要はありませんわ」

突然《とつぜん》サロンに響《ひび》いた声に、一同は入り口の方を見る。そこにはヒューイに支えられたリーンの姿があった。その足には包帯が巻いてある。

セシリアはリーンに駆《か》け寄った。

「リーン！　火傷大丈夫《やけどだいじょうぶ》!?」

「大丈夫ですわ。セシル様のおかげでかすり傷です。傷が残ることもないと先生が……」

「怪我《けが》人が多いからと、後回しにされるぐらいには軽傷だそうだ」

ヒューイの険のある言葉に、彼とモードレッドとのやり合いが如実《にょじつ》に表れていた。見ていないところで、なにか一悶着《ひともんちゃく》あったのだろう。リーンも恋人《こいびと》の言葉に苦笑いを浮《う》かべていた。

「えっと、その必要がないって、どういうことですか？」

ツヴァイが手を挙げながら先ほどのことをそう質問すると、リーンは自身の胸に手を置いた。

「この私が、予備を作ってないとでもお思いですか？ ドレスや一点ものの衣装《いしょう》は、もしもの事を考えて二着ずつ作っております！ なので、衣装の作り直しは不要ですわ！」

「リーン、さすが」

そうセシリアが褒《ほ》めると、リーンは得意げに頬を引き上げる。

「ですから、謝罪はお受けしますが、衣装は作っていただかなくて結構です。その代わり……」

「その代わり？」

リーンはツヴァイにぐっと顔を近づけた。

「明日からの舞台、馬車馬のごとく働いてくださいな。セシル様が罪に問わないということでしたら、今回のことはそれで水に流して差し上げます」

「わ、わかった！ 頑張る！」

「アイン様もですよ？」

「わかった」

二人が頷《うなず》いたのを見て、リーンは満足そうに微笑んだ。そして、入り口から身体《からだ》をずらす。

すると、まるで待っていたかのように扉《とびら》が開いて、サロン専用の給仕《きゅうじ》が顔を覗かせた。

「ということで、皆様《みなさま》お疲《つか》れじゃないですか？」

「え？」

「私、先ほど厨房《ちゅうぼう》で食事を頼《たの》んできましたの。良かったらご一緒《いっしょ》しましょう！ もう私、昨晩からなにも食べていないので、お腹《なか》がペコペコで……」

「そういうことなら、鹿《しか》のお肉もあるよ！」

ひょっこりと顔を覗かせたのはジェイドだった。どこへ行ったのかと思ったら、祭りを覗きに行っていたらしい。彼が押すワゴンには、鹿肉のソテーが人数分載《の》っていた。

「へへ、網《あみ》を貸してくれた店の人が、安く売ってくれたんだ！　鹿革《しかがわ》のために鹿は定期的に捕《と》ってるけど、お肉の方は余らせてるみたいで！　だから、今度からうちが買い付けようかなぁって話にもなったんだ！　しかも、余所《よそ》で仕入れるよりも三割も安い値段で！」

「本当に商売上手だな、お前は……」

「それぐらいしか取り柄《え》がないからね」

オスカーの言葉にジェイドは笑いながら、鹿肉の載った皿を配っていく。

皆もぞろぞろと席に着いた。そこにリーンが頼んだ料理も到着《とうちゃく》する。

「わぁ！　机にいっぱいだ！　ボク、お腹すいてたんだよね！」

「俺もペコペコ。眠《ねむ》る前に、まず何か腹に入れたい」

ジェイドにアイン。

「僕のせいで、皆ごめんね？」

「セシルと一緒に遊んでたんだろ？　それはもういいよ」

ツヴァイにダンテ。

「あら、そういう話になってたのですね」

「納得《なっとく》のいく決着になったんなら、俺はどうでもいい」

リーンにヒューイ。

「こういう形式の食事は初めてだな。大皿から好きに取るのか？」

「そうそう！　たまにはこういうフランクなのも良いよね！　あ、オスカー毒味《どくみ》いる？　俺がしようか？」

「セシルはそういうことしなくていいから！　それより疲れたでしょ？　何か飲む？」

オスカーにセシリアにギルバート。そして……

「まったく、リーンさんの治療《ちりょう》をしようとやってきてみれば、何の騒《さわ》ぎですかこれは……」

「皆さん、元気そうで良かったです」

モードレッドとグレース。

開け放たれた扉の前で呆《ほう》ける二人に、ジェイドは人なつっこい笑《え》みを浮かべた。

「よかったら、先生も一緒に食べようよ！」

「はい？」

「そうだよ！　グレースも！」

「私もですか？」

セシリアの声に、グレースは自身を指差す。ジェイドとセシリアは立ち上がり、モードレッドとグレースの手を引いた。そして、空いている席に二人を無理矢理《むりやり》座らせる。

「これで揃《そろ》ったって感じがするね！」

「揃った、揃った！」

ジェイドとセシリアは満足そうな顔で席に戻《もど》る。

全員が席に着くと同時にリーンは立ち上がった。

そして、席に座る全員を見渡《みわた》し、鈴《すず》を転がすような声を響かせる。

「それでは、皆様。今日はお疲れ様でした」

その声に「お疲れ様でした！」と何人かが応《こた》え、お疲れ様食事会が始まった。

それから一時間も経《た》つ頃《ころ》には、ツヴァイの緊張《きんちょう》も解けていた。未《いま》だに申し訳なさそうに俯《うつむ》いているが、会話を振《ふ》られれば微笑《ほほえ》みを見せ、質問にもつかえることなく受け答えしている。

何かあればアインもすかさずフォローに回っているし、これならすぐに皆と打ち解けることが出来るだろう。

セシリアがほっと胸をなで下ろすと、ツヴァイとアインのいる方から、ジェイドの大きな声が聞こえてくる。

「つまり、どちらかが持っているものを『複製』して『転送』すると、『共有』になるって事？」

「うん。『転送』だけだと自分が持っていたものはなくなっちゃうし、『複製』だけだと一人が二つ持つことになるでしょ？　だから、『転送』と『複製』を同時に使って、初めて『共有』って能力になるんだ」

「なんだか二人とも便利そうな能力だよね。『複製』なんて、商品の量産にめっちゃ使えそうだし！　『転送』も輸送費かからなくてよさそうだなぁ」

アインとツヴァイの二人と特に仲良く話しているのは彼だった。元々人なつっこい性格だからか、ジェイドは食い気味に二人の話を聞いている。

興味津々《しんしん》のジェイドをアインは冷静な声で制した。

「そんないいものでもないぞ？　俺たちの能力は、制限もあるし、コストもエグいしな」

「制限？」

「『複製』は俺が形状をきちんと理解してないと作れないから、複雑なものは難しいし、基本的に生き物とかは無理だ」

「『転送』も僕が指定してる場所、五つまでしか転送先を選べないしね」

「要するに、簡単なものしか複製できないし、決められた場所にしか転送できないって事？」

ジェイドの言葉に、ツヴァイは首肯《しゅこう》する。

「うん。しかも、触《さわ》ったことのある場所しか転送場所に指定できないんだよ。セシルを送ったときは、リーンの服をその五つの中の一つに入れてたからなんとかなったんだ」

そういうことだったのか、とセシリアは一人納得した。飛ばされたときは焦《あせ》っていたこともあり、殆《ほとん》ど何の説明も受けていなかったので、どこに飛ばされるのか、どうしてそんなことが出来るのかは、まったく理解していなかったのだ。

ジェイドはさらに双子《ふたご》の方に身を乗り出した。

「コストってのは？」

「腹が減るんだよ。要するに、体力をごそっと持って行かれるってわけ」

「形状や距離《きょり》、物体の大きさにもよるけど、アインは一日に大体二十回まで。僕は一日に三人運んだら、もうあとはヘロヘロだよ」

「お互《たが》いの間なら、殆どコストがかからないんだけどな？」

「他《ほか》の人と記憶《きおく》の共有はできないけど、僕たちの間なら出来るもんね？」

能力を掛《か》け合わせたり、お互いの間だとコストがかからなかったり。別々の能力でありながら、双子らしい能力だ。ジェイドもそう思ったのだろう、「なんか双子って感じのする力だね」という感想を述べていた。

「だから、少しでも力を使った後は、甘い物が欲しくなるんだよな？」

「いつも大体、二人で食堂のプリン食べてるよね？」

アインとツヴァイが仲良くお互いを見つめ合ったその時、セシリアははっと何かに気がついたように顔を跳《は》ね上げ、席から立ち上がった。

「そういえば！」

「どうしたの、セシル。いきなり立ち上がって」

「この前ね、料理長さんに焼きプリンのレシピもらったんだよ！」

驚《おど》くギルバートに、セシリアはそう頬《ほお》を引き上げる。そして、双子の席に近づいた。

「二人とも、プリン好きだよね？　俺、作るから一緒《いっしょ》に食べない？」

「え？　いいの？」

「お前のお手製なのか？」

「うん！　実は前に、二人にあげようと思って練習したんだけど、失敗しちゃって……」

恥《は》ずかしそうな顔でセシリアは頬を掻《か》いた。それをすかさず止めたのは、前回の被害者《ひがいしゃ》その①オスカーである。

「お前！　失敗した原因がわかるまで料理はするなとあれほど……」

「原因、わかったんだよ！　料理長さんが教えてくれたんだ！」

ほくほくとした笑みでそう言われ、オスカーは口をつぐむ。そんな彼にセシリアは得意げに胸を反らした。

「初心者は火入れのときに一番失敗するんだって！　なんか火加減が強すぎて、泡《あわ》みたいな、『す』ってやつ？　ができちゃうらしいの！　料理長さんが『プリンで失敗するってのは、それぐらいしか考えつかねぇ』って！」

「まぁ、確かに火は入れすぎだったけどね。入れすぎて表面炭になってたし……」

前回の被害者その②ギルバートは、遠くの方を見つめながらそう呟《つぶや》いた。早くも悟《さと》りの境地である。それでも自分が食べないという選択肢《せんたくし》がないところが彼の素晴《すば》らしいところだ。

ちなみに前回の被害者その③はセシリアの言葉に身を震《ふる》わせ、目を思いっきりそらしていた。こちらには再チャレンジの意思はないようだ。

「皆《みんな》に作る予定だったんだけど、二人にもごちそうするね」

「え？　そんな、悪いよ……」

「いいのいいの！　疲《つか》れが取れるように、砂糖いっぱい使っちゃうね！」

これが、前回プリンに砂糖を一瓶《びん》そのまま入れた人間の発言である。

まさか目の前にいる人物が、ありとあらゆる物から毒を作り出してしまう天才だと知らないツヴァイは、ただ単純に申し訳ないとセシリアの申し出を断っていた。

「だって僕、セシルに迷惑《めいわく》かけたのに、プリンまで作ってもらうとか……」

「いいんだって！　二人に食べてもらいたくて練習してたんだし！」

「でも……」

「ツヴァイ様」

迷うツヴァイの肩《かた》に手を置いたのはリーンだった。そして、満面の笑みでこう提案する。

「セシル様の料理、良かったら食べてくださいな」

「え？」

「私、それぐらいの罰《ばつ》は受けてもいいと思いますの！」

晴れやかな笑みでそう言う彼女に、ツヴァイは固まったまま「え、罰？」と声を震わせた。

すかさずギルバートが「リーン、セシルの料理を『罰』って言わないでもらえますか？」と言うが、彼女は聞いていない。

どうやらリーンも、内心相当おかんむりだったらしい。

リーンがもう一歩ツヴァイに迫《せま》ろうとしたその時、サロンの扉《とびら》を叩《たた》く音がした。

オスカーが「入れ」と声をかけると、扉が開き、教会の兵士が二人部屋に入ってくる。彼らはセシリア達を見ると、背筋をぐっと伸《の》ばした。

「神子《みこ》候補様、騎士《きし》様。本日はお疲れ様でした！」

ハキハキとしたその声に、一同は困惑《こんわく》した表情で顔を見合わせた。そんな彼らに構うことなく、兵士はこう続ける。

「神子様がリーン様と騎士様にお会いしたいとおっしゃっているのですが、ご一緒に神殿《しんでん》へ来ていただけないでしょうか？」

その瞬間《しゅんかん》、セシリアの脳裏《のうり》にグレースとの会話が蘇《よみがえ》った。

『「障《さわ》り」を完全に祓《はら》う絶対条件として、現在の神子が住まう神殿に入る必要があります』

『どうして？』

『理由は複数ありますが、一番は「障り」を断《た》つのに必要となる、とあるアイテムを入手する必要があるからです。そして、神殿に入るためにはトゥルールートを開く必要がある』

セシリアとリーンとグレースは互いに見つめ合い、そして、小さく頷《うなず》いた。

これは——

（トゥルールートが開いた!?）

巻末書き下ろし短編1『セシリアと浴衣とギルバート』

『早とちりしたとはいえ、勝手に貴方《あなた》の気持ちをセシリアに伝えて悪かったわね。私もさすがにアレはなかったと思ってるわ。……って事で、これ、セシリアに届けてくれる？』

そうリーン天敵から風呂敷《ふろしき》を渡されたのが、二十分ほど前のことである。

「まったく、あの人は……」

降神祭本番のゴタゴタからようやく落ち着きを取り戻《もど》した、明の週四日目。

ギルバートは特に理由も説明も受けないまま渡《わた》された風呂敷片手に、セシリアの部屋の前まで来ていた。四つ角を結んだ風呂敷の中身はなにやら柔《やわ》らかい。隙間《すきま》から見るに、どうやら中に入っているのは、リーンお手製の衣装《いしょう》のようだった。

『ちなみにこれは、貴方へのお詫《わ》びの品も兼《か》ねてるから。ちゃんとセシリアに届けるのよ？』

風呂敷を受け取った時の、リーンの言葉が脳裏《のうり》に蘇《よみがえ》る。これがどう『お詫びの品』になるのだろうか。お使いをさせるための人参《にんじん》にしてはだいぶ弱いし、意味がわからない。

（また何か企《たくら》んでるんだろうな……）

そう思いながらも「自分で届けてください」とリーンに押し返さなかったのは、セシリアの様子を見る口実に使えると思ったからである。別に用事がなくても会いには行けるのだが、この方がいろいろとスムーズだ。

ギルバートは一つ息を吐《は》き出すと、目の前の扉《とびら》をノックする。すると扉の奥から『はい、はーい！』と元気な声が聞こえてきた。そして、少しもためらうことなくすぐに扉が開く。

「あ、ギル！　どうしたの？」

「リーンに頼まれた」

そう風呂敷を掲《かか》げると、彼女は「ありがとう」とそれを受け取る。

「あ。ちょうどよかった！　ギル、今からお茶会しない？」

「お茶会？」

「さっきお祭りで女の子に囲まれちゃって！　クッキーやらお菓子《かし》やら沢山《たくさん》もらっちゃったんだよね。足が早そうなものもあるから処理に困ってて……って事で！　入って、入って！」

彼女はギルバートの手を引き、部屋に招き入れる。少し顔を見るだけのつもりだったギルバートは「いや、ちょっと！」と抵抗《ていこう》したのだが、もちろん聞き入れてもらえなかった。

セシリアは渡された風呂敷をベッドの上に置き、お茶の準備を始める。

「厨房《ちゅうぼう》に頼んでた紅茶が、さっき届いたんだよ」

「いや、俺は帰る……」

「ギルが来なかったら、ジェイドかオスカーかダンテを誘《さそ》うつもりだったんだ！」

そう言われたら、帰れるわけがない。

悪気なく『部屋に他《ほか》の男性を招き入れるつもりでした！』なんて爆弾《ばくだん》発言をするセシリアに、彼は「……そう」と低い声を出しながら、円卓《えんたく》の前にある椅子《いす》に腰掛《こしか》けた。

とりあえず、後でお説教することは確定だ。部屋に入って数秒の出来事である。

（元々危機感が足りないのに、男装《あんな格好》しているせいで、距離感《きよりかん》までおかしくなってるからな）

危うい想《おも》い人の背中を見ながら、ギルバートは、はぁ、と肩《かた》を落とす。

今の状況《じょうきょう》だってそうだ。自分のことを好きだと言った相手を、恋人同士でもない異性を、普通、こんな簡単に自ら部屋の中へ招き入れるだろうか。

（もしかしてまだ、『義弟《おとうと》』から抜け出せてないって事なのかな……）

落ち込みかけたギルバートの耳に、セシリアの明るい声が届いた。

「そういえば、ギルの持ってきたそれ、なんだろ？」

「セシリアも知らないの？」

彼女は「うん」頷《うなず》くと、ギルバートの前に淹《い》れたての紅茶を置き、風呂敷を広げた。そして
「これ、浴衣《ゆかた》だ！」と元気の良い声を出す。聞き慣れない単語に彼は首をひねった。

「私が前世で住んでいた国でね、お祭りの時に着ていた服なの！　わ。帯も可愛《かわい》い！」

セシリアは跳《は》ねるような声を出す。よほど嬉《うれ》しかったのだろう。

「そういえば、リーンってば少し前に『お祭りっていったら、やっぱり浴衣よねー』なんて言

ってたっけ！　だから、作ってくれたのかなぁ。降神祭もお祭りだもんね！」

キラキラとした瞳《ひとみ》でセシリアはリーンの作った浴衣を見つめる。そして、お茶会を催《もよお》そうとしていたことも忘れ、ぐっとギルバートに身を寄せた。

「ねぇ、ギル。ちょっとコレ着てきてもいい？」

「別にいいけど。一人で着られるものなの？」

「大丈夫《だいじょうぶ》！　帯の締《し》め方もちゃんと覚えてるし！」

そう言った後、彼女は浴衣一式を持ったまま隣《となり》の部屋に消えていく。そして、数十分後——

「じゃーん！」

そんな効果音を口にしながら登場したのは、男性《セシル》ではなく、女性《セシリア》だった。

カツラもかぶっていないし、普段《ふだん》なら隠《かく》している身体《からだ》の凹凸《おうとつ》も、今は隠してはいない。

そんな彼女を飾るのは見たこともない異国の衣装だ。白地の布に、ピンク色の大きな薔薇《ばら》。前を合わせただけの布を留めるのは、胸《むね》の下で巻かれている蘇芳《すおう》色の帯。髪《かみ》の毛は服に合わせて簡単に纏《まと》められており、立った襟《えり》から覗《のぞ》くうなじが妙に目を引いた。

「和柄じゃないから、ちょっと違和感《いわかん》があるかもしれないけど……」

「それ、女性ものだったんだね」

「うん！　かわいいよね！」

可愛い。確かに可愛いとは思う。と言うか、どちらかといえば綺麗《きれい》だ。彼女のいつもの天真爛漫《らんまん》さがなりを潜《ひそ》め、凛《りん》とした美しさが際立《きわだ》っている。しかし――

「その服、あまりにも防御《ぼうぎょ》力低すぎない？」

服の形をしてはいるが、要は布を巻いて帯で縛《しば》っただけである。まるでバスローブのようだ。ボタンの一つもありはしないし、これで走り回ったら、すぐに帯がほどけてしまうだろう。

セシリアは浴衣の袖《そで》を持ったまま、「そうかな？」と一回転した。

「ま、これ。昔は寝衣《しんい》だったらしいからね。ユルいのも仕方がないのかも？」

「は？　寝衣？」

「そうだったみたいだよ。私がいた頃《ころ》は浴衣で寝るなんて習慣はなくなってたけどね」

「あ、でも、旅館とか泊《と》まってるときは浴衣だったな……」なんて呟《つぶや》きを聞きながら、ギルバートは痛くなった頭をほぐすように、眉間《みけん》を揉《も》んだ。

「寝衣って事はさ。つまりそれは、シュミーズと一緒《いっしょ》って事？」

「そう……いう、わけじゃないと思うけど。でも、そう言われると恥《は》ずかしいね。寝るときの服、見せてるみたいでさ」

セシリアは、えへへ、と恥ずかしそうに頬《ほお》を掻《か》く。それだけだったら「そういう無防備なことはやめなよ。俺も一応男だからね」で済ます案件なのだが。次の瞬間《しゅんかん》、彼女は思いっきりギルバートの地雷《じらい》を踏《ふ》み抜いた。

「まぁ。こんな姿、リーンかギルにしか見せられないから大丈夫だよ！　……あ、グレースも大丈夫かな。女性でもエミリーさんはアレだし……」

カチン、ときた。久々に相当、カチン、ときた。

『ギルにしか……』という彼女のセリフにもそうだが、リーンやグレースと同等に並べられたのに腹が立った。しかも、同じ女性でもエミリーはダメ。それはもう『男として見られていない』とか『義弟にしか見られていない』とか、そういう次元の話ではない。

ギルバートは無言で立ち上がり、セシリアに近づく。

そして「どうしたの？」と首を傾《かたむ》けるセシリアの肩を押すとともに、足を引っかけた。

「ちょ、わっ！」

すると、セシリアの身体はいとも簡単に後方にあったベッドにダイブする。ギルバートは目を白黒させる彼女の指に自身のそれを絡《から》ませ、逃《に》げられないように膝《ひざ》と膝の間に足を差し込んだ。そしてギルバートは笑《え》みを貼《は》り付けたまま彼女を見下ろす。声は自然と低くなった。

「俺、セシリアのこと好きだって言ったよね？」

「あ、………はい」

押し倒された彼女は、顔を真っ赤にした状態で、大きく目を見開いていた。状況がうまく呑《の》み込めないのだろう。

「わかっているなら、もうちょっと危機感持とうね。これ以上のこと、されたいわけじゃないでしょ？　それとも、……されたいの？」

前髪がかかる位置でそう囁《ささや》けば、彼女の顔はさらに赤くなった。唇《くちびる》が震《ふる》えている。

揺《ゆ》らめくサファイアの瞳に自分が映っているのがたまらなく嬉しくて、ギルバートは絡ませた指をぎゅっと握《にぎ》りしめた。そして、熱に浮かされたように鼻先をくっつける。

「セシリア、なにも言わないなら──」

その瞬間、額に衝撃が走った。頭突《ずつ》きを食《く》らわされたのだと気がついたのは尻餅《しりもち》をついた後で、正面には顔を真っ赤にし、目元に涙《なみだ》を浮かべるセシリアがいた。仁王《におう》立《だ》ちである。

その顔は、もちろん怒《おこ》っている。

「ギ、ギルのエッチ！　もう知らない！　出て行って‼」

そのまま背中を押され、部屋から追い出される。そして、背中で鍵《かぎ》が閉まる音を聞いた。

（……エッチって……）

いやまぁ、確かにそうだが。なんだ、その子どもみたいな怒り方は。

ギルバートは、彼女の部屋を振《ふ》り返った後、ため息とともに、その場にしゃがみ込んだ。

「というか、やり過ぎたな。……二、三日は口きいてくれなくなるかも」

しかし、言うほど気分は悪くなかった。あんな風に頬を染めるということは、とっさに『エッチ』なんて言葉が出るということは、彼女の中でのギルバートの立ち位置は、おそらく『義弟』でも『家族』でもないのだろう。……どうやら、少しは意識してくれているらしい。

（距離を取られて喜ぶってのも、おかしな話だけど……）

そう思いながらも口元には笑みが滲《にじ》んだ。これはしばらく浮かれてしまうかもしれない。

「というか、何が『お詫《わ》び』だよ。前世の服なんて再現して。あんなのどこにも……あ」

そうリーンに恨み節を吐《は》いた瞬間、全《すべ》てが繋《つな》がった気がした。

セシリアがなぜ、リーンとグレースとギルバートには浴衣を見せる事が出来て、同じ女性であってもエミリーには見せられないと言ったのか。

リーンがなぜ浴衣を『お詫び』として渡《わた》してきたのか。

「やられた……」

その事実に気がついた瞬間、ギルバートは敗北感に顔を覆《おお》った。

『浴衣』はこの世界に存在しないものだ。だからセシリアは、前世の存在を知っていて、なおかつ彼女が本当は女性だと知っている者にしか、浴衣を着てみせることが出来ない。その中の一人であるギルバートが浴衣を持ってきたら、彼女の性格上『着る！』という話になるだろう。

つまり、セシリアの浴衣姿が、リーンなりのギルバートに対する『お詫び』だったらしい。

「あー、くそ」

手のひらで転がされた事実に落ち込みながらも、彼の口元には未《いま》だに笑みが浮かんでいた。

巻末書き下ろし短編2『セシリアの乗馬練習』

降神祭が終わり、ヴルーヘル学院にもようやく通常の喧噪《けんそう》が戻《もど》った、とある日。

「オスカー、こんな感じ？」

「あ、あぁ。もうちょっと背筋を伸《の》ばせ。馬の歩くリズムを意識して身体を動かすんだ」

「えっと、こう、かな」

オスカーとセシリアは、学院の馬場にいた。近くには馬専用の大きな厩舎《きゅうしゃ》と、室内練習場。動きやすい服装に着替《きが》えた二人は、一頭の大きな馬にまたがっていた。前に乗っているセシリアとオスカーの間には拳《こぶし》一つ分ほどの距離《きょり》もない。さらにオスカーが手綱《たづな》を握っていることにより、意図せずオスカーはセシリアを抱《かか》え込むような形になってしまっていた。

「結構、バランス取るの、難しいね」

「まぁ、じきに慣れる。それよりもこっちを向くな！　顔がちか——じゃなくて、落ちるぞ!!」

「わ、わかった！　前を向いて、リズムを意識して——、ふっ、ほっ、ん、んんっ」

「頼むから変な声は出すな!!」

顔を真っ赤にしたまま、オスカーはそう叫《さけ》ぶ。そして、ため息とともに深く項垂《うなだ》れた。

（なんでこうなった……）

彼女の方から香《かお》ってくる甘い匂《にお》いに唇をきゅっと結びながら、オスカーはこんなことになってしまった経緯《けいい》を思い出していた。


きっかけは、昨日。講堂で行われたとある授業の説明会だった。

「えー。来週から、男子生徒は乗馬の授業を開始します。馬なんてもう乗れる人がほとんどだと思いますが、気を引き締《し》めて授業に挑《いど》んでください。評価項目《こうもく》はドレッサージュ、ジャンピング、イベンティングとなっていますので……」

乗馬を担当するだろう教師の静かな声が講堂に響《ひび》く。興味がなさそうにしている生徒が大半を占《し》める中、オスカーの隣《となり》にいた彼女だけは教師の言葉に青ざめていた。

彼女はオスカーの袖をついついと引く。そして、泣きそうな顔でオスカーを見上げた。

「どうしようオスカー。俺、馬に乗れない……!!」

（だろうな……）

狼狽《うろた》える彼女に、オスカーは呆《あき》れたような視線を落とした。

ヴルーヘル学院は二年の後期から女生徒は刺繍《ししゅう》と給仕《きゅうじ》、男子生徒は乗馬の授業が組み込まれるようになっていた。希望すれば女生徒も乗馬が出来たり、男子生徒も刺繍が出来たりするのだが、希望をしなければそのままの形で授業が行われる。

本来、公爵令嬢《こうしゃくれいじょう》であるセシリアが、乗馬の経験がないだろうという事は予想していた。平民や騎士《きし》を目指している女性ならいざ知らず、普通の貴族令嬢が自分で馬を駆《か》るだなんて聞いたことがなかったからだ。それでも希望を出さなかったのだから、もしかしたら……、と思っていた。しかし、蓋《ふた》を開けてみれば、やっぱり彼女は乗馬をしたことがないという。話を聞けば、希望届《とどけ》を出し忘れたということだった。

「オスカー、ごめんね。忙《いそが》しいのに、こんな事頼んじゃって……」

「まぁ、気にするな。それよりも今は、身体《からだ》の感覚に集中しろ」

「あ、うん！　背筋を伸ばすんだよね！」

むに。

(俺は集中しなくていい！)

不意に触れた彼女の身体に、オスカーは唇を噛《か》んだ。しかし、触れないようにしていても相乗りをしていたら必ずどこかしらが触れてしまう。しかも、彼女からは時折甘い香りが香ってくるのだ。温めたミルクのような、優《やさ》しい香りが。

「お前、なにかコロンでもつけているのか？」

香りの正体が知りたくてそう聞けば、セシリアは前を向いたまま首をひねる。

「え？　何もつけてないよ。なんか変な匂いする？」

「……いや」

（――天然⁉）

衝撃《しょうげき》で心象風景に雷《かみなり》が落ちる。

可愛《かわい》くて、綺麗《きれい》で、優しくて、元気で。可愛くて、可愛くて、可愛い彼女なのに、さらに天然で良い匂いがするなんて！　天は二物を与《あた》えず――じゃなかったのだろうか。

しかもなんだか彼女はふわふわしているのだ。胸板《むないた》に当たる彼女の背も、腕《うで》に当たる彼女の二の腕も、なんだかまるで自分とは違《ちが》う生物みたいに柔《やわ》らかい。このまま抱《だ》きしめ――

オスカーはとっさに、バシッ、っと自分の頬《ほお》を張った。その音に、セシリアも振り返る。

「ど、どうしたのオスカー⁉　頬、真っ赤だよ⁉」

「ちょっと虫が止まっていてな。お前は気にするな」

「そんなに強く叩《たた》くなんて、そんなに大きな虫だったの？」

「あぁ、大きな虫だった」

オスカーの言葉にセシリアは「それは怖《こわ》いね。気をつけなくっちゃ」と納得《なっとく》をしていた。こういう純粋なところも、本当に可愛い。

オスカーは咳払《せきばら》いを一つして、精神を整える。今はどう考えても乗馬の練習に専念すべきだ。

「それにしても焦《あせ》ったよ。みんな乗馬したことがあるって言うんだもんなー。乗馬の授業っていうから、一から教えてもらえると思ったのに、乗れること前提の授業だなんて……」

「まぁ、普通《ふつう》は家で乗馬の基礎ぐらいは学んでから学院に入るからな」

「でも、俺みたいな家だって他《ほか》にあると思うのにさ……」

慣れてきたのか、彼女は馬に乗ったまま唇《くちびる》を尖《とが》らせる。

「でも、これを機会に、俺も馬に乗れるようになるよ！　『学院の王子様』って呼ばれてるんだから、白馬ぐらいは乗りこなさないとね」

「いつも追いかけ回されてヒィヒィ言ってるわりには、そういうところはノリノリなんだよな、お前……」

変なところで振り切っている彼女にふっと淡《あわ》く笑って、オスカーは馬のスピードを上げた。

風を切り始めた馬上で、セシリアは嬉《うれ》しそうな声を上げる。

「わ！　速い、速い！　風が気持ちいい!!」

「まだ駆け足程度だが、振《ふ》り落とされるなよ？」

そのままぐるりと馬場を一周して、馬は元の速度に戻る。

セシリアは興奮したようにオスカーを振り返った。

「すごいね！　めっちゃ速かったね！　乗馬ってこんなに楽しいんだね！」

「ちゃんと一人で駆れるようになったら、もっと楽しいぞ？」

「ほんと!?　それなら俺、すんごい頑張《がんば》る!!」

屈託《くったく》のない笑顔《えがお》に、胸が温かくなる。こういう素直《すなお》で明るいところが、彼女の一番の長所だろう。一目惚《ひとめぼ》れをした十二年前よりも、会いたいと願っていた十二年間よりも、今の方が何倍も、彼女の事を好きになっている。

「それにしてもさ、馬に乗ってると視線が高いんだね！　なんか新鮮！」

「まぁ、俺にとっては別に珍《めずら》しくない光景だがな」

「じゃぁ、これがオスカーの普段《ふだん》見ている景色なんだね。すごいね！」

セシリアは改めて正面を向き、眼前に広がる景色に目を細めた。

「オスカーが見てる景色を、俺も一緒《いっしょ》に見れてよかった！」

その言葉が妙に刺《さ》さった。

なぜならそれは、オスカーがずっとセシリアに望んでいたことだからだ。

婚約《こんやく》が正式に決まったあの日から、彼女にはずっとそのことばかりを願っている。

「俺は、もっといろんな景色を、お前と一緒に見たいけどな」

オスカーの言葉には、未来や、立場や、環境や、その他にも様々なことが含《ふく》まれている。

けれど、そんな彼の想《おも》いを知らないセシリアは、満面の笑みで即座《そくざ》に首肯《しゅこう》した。

「うん。いいよ！　一緒に見よう！　オスカーと一緒ならどこに行っても楽しそうだし！」

「次は狩猟《しゅりょう》とか教えてくれる？」と笑うセシリアに困ったような笑みを見せ、オスカーは馬を止めた。そして、馬上にセシリアを残したまま、鞍《くら》から下りる。

「少し休憩《きゅうけい》するぞ。休憩が終わったら、次は一人でゆっくり歩かせる練習だ」

「あ、うん！　わか――」

その時だった。馬から下りようとしたセシリアの足が鐙《あぶみ》から滑《すべ》り落ちる。それと同時に身体のバランスが崩《くず》れた。

「わ、わわっ！」

オスカーは反射的に手を伸《の》ばした。彼は地面に頭から落ちようとするセシリアの手首を引き寄せ、腰《こし》に手を回す。そして彼女の下に身体を滑り込ませた。

むに。

気がついたときには、地面に仰向《あおむ》けになっていた。横を向いた頬の上に何やら柔らかいものが押し当てられている。

（なんだ？　この柔らかい――）

頬に当たった柔らかいものを手で押しのけながら身体を起こす。しかし、その手の先にあるものを改めて見て、彼ははたと固まった。

オスカーの手の先にあったのは、セシルの胸板だった。布でカチガチに固めているとはいえ、女性の胸、である。

その上にあるセシリアの顔はほんのりと赤くなっていた。そして、困ったような顔で、自身の胸を押さえるオスカーの手を指さす。

「あの、オスカー。これ……」

オスカーは声にならない悲鳴を上げた。

あとがき

ご無沙汰《ぶさた》しております。秋桜《あきざくら》ヒロロです。

前作からやっぱり一年近く開けて帰って参りました。『悪役令嬢《れいじょう》、セシリア・シルビィは死にたくないので男装することにした。』の三巻でございます。四巻があるのならば、今度はもうちょっと早く出したいなぁ……と考えておりますが、どう頑張っても『二、三ヶ月後に出版！』ということにはなりませんので、気長にお待ちいただければ幸いです！　特に今回は、明らかに続きがあるように書いてしまっているので、原稿《げんこう》は優先順位高めで書いていきます！　しかし、本になるかどうかは売れ行き次第《しだい》なので、もうそこは皆様《みなさま》に頑張っていただくしかないです。本当によろしくお願い致《いた》します!!　買ってください!!（土下座）

さてさて、準備運動の土下座&五体投地を終わらせましたので、三巻の方に話を戻《もど》したいと思います。今回はあとがきが三ページもありますので、ヒロロも余裕綽々《しゃくしゃく》ですよ！
まずは表紙ですね！　三巻もダンミル先生の素敵《すてき》なイラストが目印です！　睨《にら》み合うオスカーとギルが！　あぁ。もうほんと、眼福《がんぷく》です！　何度見ても、ニヤニヤしちゃいますね!!　花

束の持ち方が二人の性格を如実《にょじつ》に表していて、好きです！（唐突《とうとつ》な告白）

次に中身の方ですが、正直今回は書き過ぎました。……主に、分量的な意味で。なので、三巻はビーンズ文庫さんの通常の一冊分よりもちょっと多めに書かせていただいております。無理を通してくださった担当編集者さんには、もう本当に感謝しかありません。ありがとうございます。そして、すみませんでした。

Ｗｅｂで連載《れんさい》していると楽しくなっちゃって、つい書き過ぎちゃうんですよね。特に今回はギルとオスカーが恋愛面ですごく頑張ったので「もっと！」と私も張り切っちゃいました。すごく楽しかったです！　読者の皆様にも楽しんでいただけたら嬉《うれ》しいなぁ。

最近ではコミカライズから私の作品を知ってくださる方も多く、漫画《まんが》を担当してくださっている、秋山《あきやま》シノ先生には足を向けて眠れません！　いつもイキイキとキャラクターたちを描《えが》いてくださって、もう原作の何倍も面白《おもしろ》く仕上げてくださっています！　ぜひ一度、お手にとってみてください！　秋山先生のおかげで、私は悪セシのキャラクターたちがもっともっと、好きになりました！

そして実は今回、特典がとても豪華《ごうか》なのです！

なんと、ギルとオスカーに声がつくことになりましたー！（わー！　パチパチ!!）

購入者特典のオーディオドラマ！　シナリオはもちろん書き下ろさせていただきました！　公開期間があるようなので、期間内に購入できた皆様、どうぞ忘れずにお聞きになってくださいませ！　二人の甘いセリフが聞けるはず……です！

オーディオドラマの他《ほか》にもいろいろ書き下ろしているので、そちらもお楽しみに！

こんな特典をつけていただける日が来るなんて……。それもこれも関《かか》わってくださった皆様のおかげですね！　先ほどもお名前を出しましたが、ダンミル先生、秋山シノ先生、担当編集者様、ビーンズ文庫編集部の皆様、営業部の方々、校正やデザインを担当してくださった方、印刷所の皆様、書店員の皆様。

そして何より、本を手に取ってくださった読者様。

本当にありがとうございます。私は果報者です。

これからも一生懸命頑張《いっしょうけんめいがんば》っていきますので、応援《おうえん》のほど、よろしくお願い致します。

それではまた、どこかでお会いできることをお祈《いの》りしまして……

秋桜ヒロロ

「悪役令嬢、セシリア・シルビィは死にたくないので男装することにした。3」の感想をお寄せください。
おたよりのあて先
〒102-8177　東京都千代田区富士見2-13-3
株式会社KADOKAWA　角川ビーンズ文庫編集部気付
「秋桜ヒロロ」先生・「ダンミル」先生
また、編集部へのご意見ご希望は、同じ住所で「ビーンズ文庫編集部」
までお寄せください。

悪役令嬢《あくやくれいじょう》、セシリア・シルビィは死《し》にたくないので男装《だんそう》することにした。3

秋桜《あきざくら》ヒロロ

角川ビーンズ文庫　22695

令和3年6月1日　初版発行

発行者――――青柳昌行
発　行――――株式会社KADOKAWA
〒102-8177　東京都千代田区富士見2-13-3
電話 0570-002-301（ナビダイヤル）
印刷所――――株式会社暁印刷
製本所――――株式会社ビルディング・ブックセンター
装幀者――――micro fish

●お問い合わせ
https://www.kadokawa.co.jp/（「お問い合わせ」へお進みください）
※内容によっては、お答えできない場合があります。
※サポートは日本国内のみとさせていただきます。
※Japanese text only

ISBN978-4-04-111452-0C0193 定価はカバーに表示してあります。　◇◇◇

悪役令嬢、
ブラコンに
ジョブチェンジします
浜《はま》千鳥《ちどり》
イラスト／八美《はちび》☆《す》わん
破滅フラグを折るのも、
皇国滅亡ルート回避も――
すべてはお兄様のため！

角川ビーンズ小説大賞
原稿募集中！
君の"物語"がここから始まる！
角川ビーンズ小説大賞がパワーアップ！
https://beans.kadokawa.co.jp
詳細は公式サイトでチェック!!!
【一般部門】&【WEB テーマ部門】
賞金 大賞 100万円
優秀賞 30万円
他副賞
締切 3月31日
発表 9月発表（予定）
イラスト／紫　真依